헤어날 수
없는 사랑

헤어날 수 없는 사랑

발행일   2022년 4월 18일

지은이   황대연
펴낸이   손형국
펴낸곳   (주)북랩
편집인   선일영   편집   정두철, 배진용, 김현아, 박준, 장하영
디자인   이현수, 김민하, 안유경   제작   박기성, 황동현, 구성우, 권태련
마케팅   김회란, 박진관
출판등록 2004. 12. 1(제2012-000051호)
주소   서울특별시 금천구 가산디지털 1로 168, 우림라이온스밸리 B동 B113~114호., C동 B101호
홈페이지 www.book.co.kr
전화번호 (02)2026-5777   팩스   (02)2026-5747

ISBN   979-11-6836-277-2 03810 (종이책)   979-11-6836-278-9 05810 (전자책)

(주)북랩 성공출판의 파트너

북랩 홈페이지와 패밀리 사이트에서 다양한 출판 솔루션을 만나 보세요!

홈페이지 book.co.kr   •   **블로그** blog.naver.com/essaybook   •   **출판문의** book@book.co.kr

작가 연락처 문의 ▶ ask.book.co.kr

작가 연락처는 개인정보이므로 북랩에서 알려드릴 수 없습니다.

헤어날 수 없는 사랑

은퇴산꾼 산행 에세이

계절 따라 날씨 따라 달라지는 산의 매력,
도저히 사랑에 빠지지 않을 수 없었다!

황대연 지음

 북랩

누구나 사랑에 빠지는 것은 의도해서가 아니라 중독되는 것이라고 한다. 산에 대하여 별 관심도 없던 내가 산과 사랑에 빠진 것도 어쩌면 중독이 되어서가 아닐까 싶다. 언제부터인지 산에만 들어서면 잡스러운 마음이 저절로 순화되고, 심장이 팔딱이며 뛰고 있다는 사실이 온몸으로 느껴졌다. 거기에 찌뿌듯한 몸과 마음이 상쾌하게 바뀌고, 행복감에 젖어 드는 게 무엇보다 좋았다. 또한 계절에 따라, 날씨에 따라, 밤낮으로, 아침저녁으로, 시시각각 바뀌는 산의 모습은 사랑스러웠다. 아니, 사랑에 빠지지 않을 재간이 없었다.

　취미란 일과는 달리 어떤 대가를 받자고 하는 것이 아니다. 취미 그 자체로 즐겁고 행복하기 때문에 하게 된다. 나는 한때 자전거를 즐겨 탔고 수영과 마라톤도 즐겨 했다. 이런 동적인 취미활동이 즐거움을 주는 것은 틀림없다. 그러나 등산은 즐거움 그 이상이었다. 그건 바로, 배낭을 메고 능선에 서면 가슴속에서 행복이 스멀스멀 피어오른다는 것이다. 내가 틈만 나면 산에 오르는 것도 이런 행복의 맛을 떨쳐버릴 수 없어서이다.

산은 또한 내게 깨달음을 주었다. 아무리 높이 올라도 반드시 내려가야 한다는 깨달음, 아무리 많이 채워도 반드시 비워야 한다는 깨달음, 행복은 멀리 있지 않다는 깨달음이 그것이다. 크고 멀게만 생각했던 행복은 가까이에 있었다. 작지만 확실한 산에서의 행복. 그 행복을 앞으로도 누리고 싶고 놓치고 싶지 않다.

'지자요수 인자요산(知者樂水 仁者樂山)'이라는 말이 있다.『논어』「옹야」편에 나오는 말이다. 지혜로운 사람은 막힘없이 흐르는 물과 같아 물을 좋아하고, 어진 사람은 변함없이 일정한 산과 같아 산을 좋아한다는 말이다. 하지만 나는 물을 좋아하지 않으니 지혜로운 사람이 되기는 애초부터 글렀다. 또한 산을 좋아한다고 어질지도 못하다. 그저 지혜롭고 어질게 살아갔으면 하는 바람뿐이다.

내 평생 요즘처럼 시간이 널널한 때는 없었다. 코로나바이러스에게 모든 걸 빼앗기고 몸도 마음도 움츠러든 채 삼식이가 되어 혼자 놀아야만 했다. 누구든 마음 편히 만날 수도 없고 어디든 마음대로 갈 수도 없었다. 마당 구석에서 목줄에 매인 채 홀로 낑낑대는 강아지와 조금도 다를 게 없었다. 동적 활동을 빼앗긴 대신 정적 활동, 즉 책을 읽거나 글 쓰는 시간이 늘어났다. 그렇게라도 해야 그나마 하루하루를 온전하게 보낼 수 있었다. 지금까지 써놓은 글을 추리고 정리할 수 있는 시간도 가질 수 있었다.

끝으로 함께 산길을 걸었던 산우들께 감사의 말씀을 드리며, 모든 산꾼의 안산과 건승을 기원하는 바이다.

2022. 3
은퇴산꾼 황대연

차 례

1부

세월의 능선

흰 사슴은 어디로 갔을까

　진시황은 서복에게 동남동녀 수천 명을 주어 불로초를 찾아오도록 삼신산(三神山)으로 보냈다. 그 삼신산 중의 하나인 영주산에 오르기 위해 길을 나섰다. 영주산에 오르는 것은 불로초를 구하기 위함이 아니다. 단지 신선과 흰 사슴을 보기 위해서다.

　이른 새벽 김포공항 국내선 청사에 반가운 얼굴들이 속속 모여든다. 이번 산행은 단출하게 8명이 팀을 이루었다. 당일치기여서 배낭도 도시락과 동절기 산행장비만 챙겨 가볍게 꾸렸다.
　여명이 밝아올 무렵, 비행기의 작은 창문으로 사방이 바다로 둘러싸인 섬 한가운데 우뚝 솟아있는 산이 어슴푸레하게 모습을 드러낸다. 그 산이 바로 영주산으로 불리던 한라산이다. 한라산의 고도가 해발 1,947m로 우리나라 산 중 가장 높은 산인데, 더 높은 곳에서 봐서인지 그리 높게 보이지는 않는다. 그런데 저곳이 바로 신선들이 흰 사슴을 타고 다닌 신비스러운 곳이란 말인가?

백록담에 오르는 코스는 여섯 곳이 있지만 남성대코스와 돈내코코스는 자연휴식년제에 들어갔고, 어리목코스와 영실코스는 해발 1,700m인 윗세오름까지만 등산이 가능하다. 백록담에 오르기 위해서는 성판악코스와 관음사코스뿐이다. 선택의 여지가 없다. 비교적 완만한 성판악코스로 오르고 경사가 급한 관음사코스로 하산하기로 한다. 성판악에서 백록담까지 9.6㎞, 백록담에서 관음사까지 8.7㎞, 사라오름 왕복 1.2㎞이므로 총 산행 거리는 19.5㎞이다. 산행 시간은 휴식 시간을 포함하여 8시간 30분을 계획하고 있다.

성판악휴게소에서 등산로에 들어선다. 난데없이 '까악~까아악' 까마귀 소리가 들려온다. 고개를 들어보니 나뭇가지에 커다란 까마귀 세 마리가 앉아있다. 몸통은 온통 까맣고 윤기가 자르르 흐르는 것이 건강하고 아름답게 보인다. 까마귀가 아름답게 보이는 것은 처음이다. 까마귀는 언제부터인지 흉조로 알려져 있다. 그러나 결코 흉조가 아니다. 고구려시대에는 삼족오(三足烏)로 불리던 길조이다.

까마귀 소리를 벗 삼아 오름길을 이어간다. 등산로 옆에는 푸른 잎이 달린 키 작은 나무들이 숲을 이룬다. 나무의 넓은 잎이 두텁고 광택이 나는 것이 고무나무와 비슷하다. 하지만 나무의 잎이 한여름에 시들어가는 것처럼 축 늘어져 있다. 무슨 나무일까? 시들어 죽어가는 건 아닐까? 의문이 꼬리에 꼬리를 물고 이어지던 중, 그 의문을 풀어줄 안내판이 나타난다. 나무의 이름은 굴거리나무이다. 굴거리나무는 겨울 추위 속에 웅크리고 있다가 봄이 되면 기지개를 펴듯 피어난다고 한다. 신비롭기만 하다.

굴거리나무 숲을 지나자 산죽이 숲을 이룬다. 등산로 옆에서 '쐑~쐐애액' 기계음이 들려온다. 무인모노레일이 커다란 짐을 끌고 올라가는 소리이다. 진달래 대피소에 필요한 물품을 실어 나른다고 한다. 속도는 걷는 속도와 비슷하다. 한동안 모노레일과 앞서거니 뒤서거니 하며 나아간다. 첫 번째 대피소인 속밭 대피소에서 잠시 쉼을 하고 오름길을 이어간다.

사라악 갈림길에 이른다. 사라악에 오르는 길은 경사가 급하나 모두 계단으로 이어져 있다. 사라악에 오르자 커다란 호수가 눈앞에 펼쳐져 있고, 주변 숲은 눈꽃을 피웠다. 호수와 숲이 설경과 어우러져 한 폭의 그림같이 아름답다. 분화구의 깊이는 알 수 없으나 꽁꽁 얼어있다. 거대한 스케이트장에 온 것 같은 느낌이 든다. 어릴 때 썰매 타던 생각이 새록새록 떠오른다. 잠시 내려가 얼음 위에서 썰매를 타듯 스틱으로 지쳐 본다.

등산로는 정비가 잘되어있고 곳곳에는 표지석과 안내판이 설치되어있다. 표지석은 해발 900m, 1,000m… 등으로 고도를 알리고, 안내판은 현 위치와 거리가 표시되어 있다. 사라악 갈림길에는 자동심장충격기(AED)까지 설치되어있다. 과연 국립공원답다.

진달래밭 대피소에는 휴식공간과 매점이 있다. 매점에서는 생수, 초코파이, 컵라면 등 비상식품과 일회용비닐우의, 장갑, 아이젠 등 비상물품만 판매한다. 간식으로 컵라면을 먹는다. 그 맛이 꿀맛이다. 스피커에서는 12시부터 등산로를 통제한다는 안내방송이 계속 흘러나온다.

많은 사람이 밟고 지나간 등산로는 반질반질하게 얼어있다. 얼어붙은 등산로는 등산화가 들러붙었다가 '쩍~' 하고 떨어진다. 점점 가팔라지는 등산로를 오르고 또 오르다 보니 허벅지 근육이 딱딱해지려고 한다. 어느새 얼굴에 땀방울이 맺히고 셔츠가 축축하게 젖어온다.

정상에 가까워지자 바람이 거세고 공기가 차갑다. 주변에는 온통 구멍이 송송 뚫리고 울퉁불퉁하며 검은빛의 현무암이 쌓여있다. 용암이 분출될 때 흘러내린 모습 그대로 선명하게 나타난 것이, 10만 년 전 용암이 분출되던 모습이 눈에 보이는 듯하다. 백록담안내소가 보이고 백록담이 눈앞이다. 한걸음에 달려 올라간다. 드디어 정상, 백록담이다.

백록담(白鹿潭). 쌓였던 구름이 바람에 흩어지면 그 모습을 드러낸다. 그도 잠시, 또다시 구름이 몰려와 백록담을 덮으면 그 모습은 흔적도 없이 사라진다. 구름은 쉴 틈 없이 바람을 타고 움직인다. 바람 따라 나타났다가 사라지기를 거듭하는 백록담. 그때마다 나도 모르게 탄성이 터져 나오고, 그 속으로 빨려 들어가는 것만 같다. 마치 영화 속 한 장면에 들어와 있는 것 같은 착각에 빠져든다. 백록담이 열릴 때마다 여기저기서 사람들의 카메라도 바쁘게 움직인다. 왜 이토록 많은 사람이 힘들게 이곳에 오르는지 고개가 끄덕여진다.

예로부터 한라산은 신선들이 사는 산이다. 신선들은 흰 사슴을 타고 다녔는데, 이곳 백록담에서 흰 사슴에게 물을 먹었다. 그러나 신선도 흰 사슴도 보이지 않는다. 모두 어디로 갔을까?

흰 사슴이 물을 먹던 분화구 바닥에는 물이 조금 있으나 얼어있고 눈이 엷게 쌓여있다. 쌓여있는 눈이 겨울 햇빛을 받아 은은한 회색빛으로 반짝인다. 자못 신성함과 신비로움으로 가득하다. 한동안 바라본다. 어느새 시원하게 가슴이 탁 트이며 몸과 마음이 편안해진다. 백록담은 평화로움 그 자체이다.

아무리 아름다운 풍광이 있다 해도 마냥 머무를 수는 없는 일. 정상에 오르면 반드시 내려가야 하는 법. 아쉬움을 뒤로하고 하산 길에 들어선다. 우리네 인생사도 이와 같으리라.

관음사코스의 하산 길은 경사가 급하고 험난하다. 하지만 아름다운 설경이 있다. 온 천지는 하얗게 물들었고 나무의 가지마다 새하얀 눈꽃이 활짝 피었다. 북벽과 장구목, 삼각봉, 왕관릉을 따라 피어난 설경은 지금까지 본 설경 중 최고의 자태이다. 이토록 아름다울 수가 있을까? 산수화의 대가 겸재 정선이 살아 돌아와 그림을 그려도 이같이 아름답게 그릴 수는 없을 것 같다.

한라산에는 눈도 많이 오지만 비도 많이 온다. 비가 많이 올 때는 하루 800㎜가 넘게 쏟아진 적도 있다. 하산 길에 마주한

용진각 대피소는 흔적만 남아있다. 2007년에 강타한 태풍 '나리'에 의하여 계곡에 급류가 쏟아져 내려 인근 암반과 고목들이 뿌리째 뽑히고 대피소는 흔적도 없이 사라졌다고 한다.

개미등, 삼각봉 대피소, 숯가마 터, 구린굴을 지나는 하산 길은 가도 가도 끝이 없다. 하지만 아름다운 설경과 함께여서인지 힘든 줄도 모르겠다.

돌아오는 비행기 안에서 잠시 눈을 감아본다. 눈앞에 백록담이 펼쳐져 있고, 구름 속에서 흰 사슴이 물을 먹는다. 바람에 구름이 흩어지자 흰 사슴은 신선을 태우고 구름과 함께 사라진다. 그 모습을 가슴속 깊이 담는다. 신선의 옷자락과 사슴의 흰 빛을….

관악산 사계

산의 아름다움을 가르쳐주고, 산을 사랑하게 만들어준 산. 방금 헤어졌는데 또 보고 싶은 연인 같은 산. 그 품에 안기고 싶어 오늘도 나는 그곳에 간다.

봄

삭막하던 겨울이 지나고 봄이 시작되면 숲은 기지개를 켠다. 매섭던 추위가 물러간 자리에는 따스한 봄이 자리바꿈을 한다. 부드러운 햇살이 밀려오면 파릇파릇 새싹들이 돋아나고 나무마다 다투어 초록 잎을 피워낸다. 봄소식을 듣고 날아든 새들의 지저귐 소리도 경쾌하다. 작은 생명체까지도 여기저기서 한 해를 시작하려는 움직임으로 분주하다. 여린 잎을 틔워 놓는가 싶던 나무들은 어느새 푸르러져 초록 향연이 펼쳐진다. 보고만 있어도 따스한 봄기운이 밀려와 생명의 에너지가 차오른다.

사당능선으로 정상에 오르다 보면 자라 한 마리가 목을 쭉

빼고 마중 나온다. 그 모습이 어쩌면 그리 실물과 똑같은지 신기하기만 하다. 헬기장을 지나 봉우리에 이르러 하마와 악어, 강아지와 반갑게 인사를 나눈다. 여성들이 킥킥대며 지나기에, 가까이 가보니 누워있는 남근바위다. 별의별 바위가 한곳에 모여 있는 것이 누군가 일부러 만들어 놓은 듯하다. 이뿐이 아니다. 한반도지도, 불꽃, 토끼, 물고기, 소머리, 거북, 멧돼지 등 여러 가지 형상의 기기묘묘한 바위가 곳곳에 있다. 온갖 형상에 생명을 불어넣는 것은 봄 햇살이다. 이제 곧 움직임이 보일 것만 같다. 타오르고, 뛰어오르고, 헤엄쳐 나아갈 것만 같다.

여름

더위가 찾아오면 우거진 녹음이 생기를 불어 넣어 준다. 풀잎과 나무들은 윤기가 흐르고 개미, 벌, 풀벌레 등 작은 생명체까지 자기의 삶을 즐기는 모습이 산이 살아 꿈틀대는 것 같다. 쉬지 않고 울어대는 매미 소리도 정겹고, 나무 사이를 오르내리는 귀여운 다람쥐와 청설모도 여기저기서 재롱을 떤다. 어쩌다 운 좋은 날은 숲이 우거진 곳을 지나다 뱀을 만나기도 한다. 뱀이 있다는 것은 그만큼 먹이사슬 순환이 잘 이루어지고 건강하다는 증거다.

산림쉼터 벤치에 앉아 잠시 땀을 식힌다. 그저 벤치일 뿐인데, 마치 심산유곡에 앉아 있는 듯 산바람이 시원하게 불어온다. 속세에서 묻혀온 허상의 껍질들이 떨어져 나간 듯 가슴까지 시원하다. 숲속 도서함에 비치된 책을 꺼내 펼쳐 든다.

계곡마다 물이 어찌나 맑은지 속살까지 다 보인다. 풍덩 뛰어들고 싶은 충동이 인다. 개울가에 앉아 등산화를 벗고 잠시 발을 담근다. 얼마나 시원한지 흘러나오던 땀이 쏙 들어간다. 친구들과 함께 온 사람, 아이들과 함께 온 가족이 옹기종기 모여앉아 가지고온 음식을 나누며 정담을 나눈다. 그야말로 여름의 정경이다.

가을

가을이 오면 관악산은 그 계절을 빛깔로 드러낸다. 단풍으로 곱게 물들어, 사람마저 붉게 물들인다. 단풍을 바라보며 상큼하고 신선한 공기를 한껏 마시면 폐부까지 붉은 물이 드는 듯하다. 숲을 들락대는 바람에서 가을 냄새가 묻어난다. 가을을 일러 천고마비의 계절이라 했던가? 고개를 들어 바라보니, 높은 가을 하늘에는 솜사탕같이 몽실몽실한 구름이 두둥실 흘러간다.

누군가는 단풍을 사람에 비유하며 "잘 물든 단풍은 봄꽃보다 예쁘다."라고 했다. 사실, 봄꽃이 아무리 예쁘다 한들 떨어지면 그만이다. 그러나 곱게 물든 단풍잎이 떨어지면 주워와 책갈피에 끼워놓고 오래도록 간직한다. 그러니 예쁜 청춘보다 잘 익은 황혼이 더 아름답다고 할 수밖에. 나 자신도 아름답게 물들어갈 수 있을까, 그것이 걱정이다.

봉우리마다 국기가 펄럭인다. 서울대 입구 관악산 정문에서 돌산 국기봉, 칼바위 국기봉, 민주동산 국기봉, 깃대봉 국기

봉, 학바위 국기봉을 거쳐 정상에 오르고 선유천 국기봉, 관음
사 국기봉을 거쳐 내려온다. 국기를 펄럭이게 하던 바람이 스
트레스까지 날려버린 걸까? 가슴속이 뻥 뚫린 듯 뼛속까지 시
원하다.

겨울

공기가 싸늘해지면 아름답던 단풍도 뚝뚝 떨어진다. 나무들
은 한 해 동안 키워온 잎들을 한 잎 한 잎 떼어내 흙으로 돌려
보낸다. 낙엽은 떠나는 가을이 아쉬운지 '바스락~'거리며 이별
을 노래한다. 추위가 기승을 부리면 낙엽들은 양지바른 곳에
옹기종기 모여앉아 못다 한 이야기를 나눈다.

겨울이 깊어져 하얗게 내린 눈이 온 산을 덮으면 그 모습은
순결 그 자체이다. 나무마다 새하얀 눈꽃이 피어나고, 보석처
럼 아름다운 눈송이는 내 마음까지 반짝이게 한다. 발걸음 걸
음마다 '뽀드득~뽀드득' 발밑에서 들려오는 감미로운 멜로디는
발걸음마저 가볍게 한다. 나뭇가지에 앉아있는 눈들이 어깨나
머리에 툭툭 떨어지면 시원하면서 상쾌하다. 나무들은 녹음과
단풍 들던 아름다운 시절을 회상하며 머지않아 찾아올 봄꿈을
꾸고 있을 것만 같다.

봄, 여름, 가을, 그리고 겨울

계절에 따라 변하는 관악산을 보면 사람의 삶과 참으로 많
이 닮았다는 생각이 든다. 새싹을 틔우고 초록 향연이 펼쳐지

는 봄은 마치 어린아이가 태어나 성장하는 모습을 보는 것 같다. 여름의 짙푸른 녹음은 혈기 왕성한 청년을 닮은 듯하고, 단풍 든 가을은 왠지 사색을 즐기는 중년의 모습이 담겨있는 듯하다. 겨울이 되어 모든 것을 내려놓고 알몸이 된 나무들은 삶을 마무리하는 노년의 모습이 아닐까 싶다.

시시때때로 일고 스러지는 자연의 위대함과 오묘함. 관악산에도 겨울이 지나면 어김없이 봄이 찾아온다. 하지만 인생의 겨울에 접어든 나에게는 오직 긴 겨울만이 기다리고 있지 않을까.

육신의 봄은 다시 오지 않겠지만 마음의 봄을 찾아 내일도 그 품에 들고 싶다.

덕유산의 여름

뜻밖의 소식이 날아들었다. 백두대간 종주 팀에서 고향 후배들이 대간을 걷고 있다는 소식이다. 산행 일정을 살펴보니, 마침 덕유산 구간이다. 겨울 덕유산은 몇 차례 가봤으나 여름 덕유산의 모습은 아직 보지 못했다. 후배들도 보고 싶고 덕유산의 여름도 보고 싶어, 만사를 제쳐놓고 배낭을 꾸렸다.

무주리조트에서 설천봉까지는 곤돌라를 타고 올라간다. 바로 옆에는 스키어들이 타고 오르내리던 리프트가 다가올 겨울을 기다리며 긴 휴식을 즐기고 있다.

설천봉 상제루에 이르러 곤돌라에서 내리자 숲속에서 불어온 바람이 마중을 한다. 시원함을 넘어 서늘한 바람이 이마에 맺힌 땀방울을 쏙 들어가게 하고 반갑다며 옷자락을 마구 흔들어 댄다.

덕유산 주봉인 향적봉 가는 길은 온통 녹음이 짙게 우거져 싱그럽다. 곳곳에는 원추리와 주목이 우아한 자태를 뽐낸다. 노란색 꽃을 활짝 피운 원추리는 '나 여기 있어요.'라며 속삭인다. 마치 앳되고 고운 새색시의 수줍은 미소를 보는 듯하다. 그러나 아무리 아름다운 꽃이라도 가던 길을 잊고 마냥 바라보고 있을 수만은 없다. 올해도 피었으니 내년에도, 그리고 내후년에도 그 자리에 피어날 것이다. 그때 다시 만날 것을 기약하고 아쉬운 작별을 나눈다.

고목이 되면 더 아름다워지는 나무. '살아 천 년, 죽어 천 년'을 산다는 주목은 생을 다하고 고목이 되면 아름다움이 더 깊어진다. 사람은 왜 그렇지 못할까? 노인이 되면 아름다움은커녕 대체로 더 추해진다. 물론 봄꽃보다 더 아름다운 단풍도 있지만 말이다. 아마도 인간은 속세에 지치고 젖어버리기 때문이리라. 세속을 벗어나 무위자연의 삶을 누리는 은둔거사와도 같은 주목은 무심하고도 꼿꼿한 자태로 신령스러운 기운을 더해간다. 인간이 감히 흉내 낼 수 없는 무구한 세월의 아름다움이다.

하늘은 한없이 청정하고 구름은 바람을 따라 어디론가 흘러간다. 잠시 눈을 감아본다. 3년 전, 사진작가인 친구와 함께 이곳에 왔던 기억이 새록새록 떠오른다. 그 계절은 겨울이었다. 순백의 눈꽃 세상을 찾은 스키어, 관광객, 등산객들이 북새통을 이루고, 주목에 피어난 상고대와 새하얀 설경은 어느 곳으로 카메라를 대도 멋진 작품이 되었다.

그러나 지금 내 눈앞의 계절은 푸른 여름. 중봉에 올라서자 푸른 붓이 훑고 지난 듯, 눈앞에 그림처럼 펼쳐진 장관에 할 말을 잊고 만다. 백암봉, 무룡산, 삿갓봉, 남덕유산으로 이어진 백두대간 산줄기가 구불구불 이어져 있는 것이 마치 용이 춤을 추듯 꿈틀대는 것만 같다. 이토록 아름답고 장쾌한 덕유산의 진면목을 이곳에서 만날 줄이야. 이런 풍경 앞에서 무슨 말을 한단 말인가.

내가 종주하던 때와는 달리 후배 대원들은 무박 산행을 하지 않고 주로 당일 산행으로 대간 길을 이어간다. 무박 산행은 일출 때까지 앞사람의 엉덩이만 보고 갈 수밖에 없는데, 당일 산행은 여유롭게 속속들이 살펴볼 수 있다. 그런 점에서는 복 받은 산행이라고 할 수 있다.

덕유산(德裕山)은 이름 그대로 덕이 넉넉한 산이라고 한다. 어떤 덕을 갖추고 있기에 덕이 넉넉하다고 했을까? 전해 내려오고 있는 두 가지 전설 중 하나는 고려 말 이성계가 이 산에 들어와 있을 때 호랑이 등 많은 맹수에게 한 번도 해를 입지 않았다고 한다. 다른 하나는 난(亂)이 있을 때마다 많은 사람들이 이 산으로 피해 들어왔는데 적병들이 오기만 하면 안개가 짙게 끼어 적병들이 스스로 물러갔다고 하는 전설이 그것이다. 이같이 곤궁한 사람을 품어주는 산이니, 덕이 넉넉한 산이라 불리기에 충분하지 않을까?

백암봉에 이르러 백두대간 능선에 접속한다. 거기서 남쪽으로 뻗어나간 산줄기를 따라 무룡산을 향해 나아간다. 등산로는 국립공원답게 잘 정비되어 있고 긴급재난 비상용 전화까지 설치되어 있다. 그 모든 것이 낯설지는 않다. 내가 이 구간을 걸은 게 바로 엊그제만 같은데 벌써 6년의 세월이 흘렀음에 놀랄 뿐이다. 그때는 비가 오는데도 왜 그리 졸리던지, 4시간 이상을 비몽사몽간에 걸었었다. 그 노곤한 기억이 주마등처럼 눈앞을 스쳐 지나간다.

주산이 고향인 신 선생과 청라가 고향인 백 선생. 처음 보는 사이지만 모두 같은 보령사람으로 나에게는 5년 후배가 된다. 그들과 이런저런 고향 소식을 주고받으며 앞서거니 뒤서거니 나아가다 보니, 어느새 산꾼들의 쉼터인 삿갓재 대피소이다. 대피소는 그새 리모델링을 했는지 쾌적하고 깨끗하게 단장되어 있다. 무엇보다 반가운 것은 '유산여독서(遊山如讀書)'라는 글귀가 새겨진 작은 나무판이다. 산행은 독서와 같다는 뜻인데, 가슴 깊이 와 닿았던 글귀이다. 그 널조각도 목욕재계를 했는지 단정하게 걸려있다.

잠시 휴식을 마치고 다시 길을 나선다. 삿갓봉 방향으로 들어서려 하자, 그곳에 근무하고 있던 국립공원 직원이 길을 막아선다. 정해진 시간이 지났으므로 더 이상 갈 수 없다며 하산하라는 것이다. 오후 4시 이후에는 진입할 수 없다는 규정이 새로 생겼다고 한다. 시간을 확인해보니 4시 15분이다. 아뿔싸, 이건 미처 생각지 못했던 일이다. 그런 규정이 있는 줄 미리 알고 휴식 없이 진행했으면 충분한 시간이었다. 잠시 옥신각신했으나, 규정은 규정이므로 지켜야만 한다.

아쉬움을 뒤로하고 하산 길에 들어선다. 황점마을로 내려가

는 등산로는 계곡과 나란히 한다. 계곡에는 맑은 물이 작은 폭포와 소를 이루며 '찰~찰' 흘러내린다. 당장 뛰어들고 싶었으나 상수원 보호구역이어서 그럴 수는 없다.

황점마을에 이르니 마을 앞에는 제법 넓은 개울이 흐르고 있다. 삿갓재 아래 삿갓 샘에서 발원하여 계곡에 흐르던 바로 그 물. 황강으로 흘러들어 합천호에 잠시 머물다가 낙동강에 합류할 물이다. 그 물에 우리는 뛰어들었다. 잠시 어린 시절로 돌아가 물장구를 치며 멱을 감았다. 산행에 쌓인 피로가 말끔히 씻겨나간 듯하다.

산행을 마무리하였으나 누구 하나 지친 모습을 보이는 대원은 없다. 신 선생과 백 선생은 물론 모든 대원이 산행으로 잔뼈가 굵었는지 늠름한 모습이다.

우리나라의 산 중 겨울 풍경이 아름다운 산은 많다. 이곳 덕유산을 비롯해 태백산, 설악산, 지리산, 소백산 모두 아름답다. 그중 나는 단연 덕유산을 으뜸으로 친다. 덕유산의 겨울은 가히 설국이라 불러도 손색이 없을 만큼 아름답기 때문이다. 그 아름다움에 매료되어 기회가 될 때마다 덕유산을 찾고는 했다.

그러나 겨울 명산이라는 이름에 가려, 덕유산의 여름을 몰라보았다. 이번에 마주하고 보니 덕유산은 여름 산으로도 전혀 손색이 없다. 원추리 등 야생화와 주목, 싱그러운 녹음, 파란 하늘 그리고 바람과 구름과 물이 있는, 아름다운 여름 산이 바로 덕유산이 아닐까 싶다.

선녀의 날개옷은 어디에

선녀가 하늘에서 내려와 목욕한다. 우물쭈물 망설이고 있을 때가 아니다. 하늘로 올라가기 전에, 지게 대신 배낭이라도 메고 찾아가야겠다. 혹시 아는가. 날개옷을 감춰두면, 하늘로 올라가지 못한 선녀를 아내로 맞이하게 될지. 아니, 그건 아니다. 나는 이미 손주까지 둔 할아비가 아닌가. 주제 파악을 해야지. 그저 먼발치에서 그 모습이라도 바라볼 수 있다면….

여름이면 더위를 피해 꼭 한 번씩 찾아가는 설악산. 이번엔 더위만 피하는 게 아니라 선녀까지 볼 수 있다니, 기대감에 생각만 해도 가슴이 설렌다.

장수대에서 산문에 들어선다. 짙푸른 나뭇잎은 아침 햇살을 받아 싱그러움을 더하고, 온갖 초목이 내뿜는 숲의 향기에 발걸음도 가볍다. 등산로에는 철계단도 놓여있고 돌계단도 깔려있다. 수많은 계단을 밟고 오르다 보니 무릎이 시큰대려고 한다.

어디선가 '좌~' 하는 소리가 들리는가 싶더니 눈앞에 폭포가 나타난다. 이름으로만 전해 듣던 대승폭포. 그런데 장마 같지 않은 장마가 지나서인지 수량은 그리 많지 않다. 그래도 명색이 금강산의 구룡폭포, 개성의 박연폭포와 함께 우리나라 3대 폭포로 이름을 날리는 폭포가 아닌가. 그 명성에 걸맞게 88m나 되는 까마득한 단애 꼭대기에서 한줄기 물줄기가 쏟아져 내리는 것이 그 위용만큼은 살아있다. 옛 시인과 묵객들은 이토록 아름다운 풍광을 어떻게 담아냈을까?

문득 돌아가신 어머니가 생각난다. 이 폭포에 무한한 어머니의 사랑이 담겨있어서이다. 먼 옛날 대승이라는 총각이 동아줄을 타고 폭포에 내려가 바위버섯을 캐고 있었다. 이때 "대승아, 대승아"라고 부르는 돌아가신 어머니의 다급한 외침이 들려왔다. 올라가 보니 신짝만 한 지네가 동아줄을 뜯고 있어 막 끊어지려는 참이었다. 죽어서도 아들의 목숨을 구한 어머니의 외침이 메아리친다고 하여, 대승폭포라 부른다는 전설이 깃들어있다.

만약 나에게도 똑같은 일이 일어난다면, 내 어머니도 목이 터져라 내 이름을 부르셨을 것이다. 그랬더라면 이 폭포의 이름이 대승폭포가 아니라, 내 이름을 붙여 '대연폭포'로 불리지 않았을까? 어이쿠, 이러고 있을 때가 아니다. 돌아가신 어머니에 대한 감상에 젖어있을 수만은 없다. 선녀가 떠나기 전에 선녀탕에 가야만 한다. 몸보다 마음이 더 급하다.

오름길을 재촉해 대승령에 올라선다. 시원하게 불어오는 산바람에 볼을 타고 흐르던 땀방울까지 쏙 들어간다. 서쪽으로 삼형제봉, 주걱봉, 가리봉으로 이어진 능선이 웅장한 자태를 드러내고, 동쪽과 남쪽으로는 공룡능선, 대청봉, 한계령으로 길게 이어진 백두대간 능선이 꿈틀댄다. 한순간 안개가 산허리를 감싸면 한 폭의 수묵화를 보는 듯하고, 한순간 안개가 걷히면 기기묘묘한 설악의 전경이 눈 앞에 펼쳐진다. 선녀가 내려오기 딱 좋을 듯, 날씨마저 신비롭기만 하다.

한 무리의 등산객이 삼삼오오 모여 앉아 점심을 먹으며 쉼을 하고 있다. 우리도 자리를 잡고 앉아 점심을 나누고, 길을 이어가 안산 갈림길에 이른다. 그런데 그곳에는 안산 방향으로 출입을 금한다는 팻말이 길을 막고 있다. 출입 금지구역인 비 탐방로에 굳이 들어갈 이유도 없고, 그보다는 한시바삐 선녀가 보고 싶어 바로 계곡 길로 들어선다.

급경사 내림 길을 이어가, 마침내 두문폭포에 이른다. 여기서부터 계곡 하단부인 남교리까지 8㎞에 이르는 계곡이 십이선녀탕계곡이다. 이 계곡에는 열두 개의 탕에 열두 명의 선녀가 목욕하러 온다는 전설이 서려 있다. 우거진 숲속에서 암반을 타고 흐르는 물이 절벽을 만나 폭포가 되고, 물줄기는 오랜 세월 동안 암반을 두드리고 두드려 탕을 만들었다. 탕에서 넘쳐흐르는 물은 또다시 폭포를 이루고 탕을 만들며 흘러내린다. 선녀는 어디에 있을까, 가슴이 설렌다.

두문폭포 아래에 하트 모양 같기도 하고 복숭아 모양 같은

탕이 모습을 드러낸다. 크기도 선녀가 목욕하기에 딱 안성맞춤이다. 그러나 아무리 살펴봐도 선녀는 보이지 않는다. 선녀의 날개옷을 감출까 봐 그런 것일까? 그곳에 내려가지 못하도록 철제 난간이 설치되어있다.

그렇다고 아직 실망할 단계는 아니다. 계곡 어딘가에 선녀는 있을 것이다. 계곡을 따라 굽이굽이 펼쳐진 폭포와 탕은 제각기 다른 모습으로 온갖 기교를 부리며 흘러내린다. 복숭아탕, 용탕, 무지개탕, 독탕 등 이름도 다양하다. '차르르~차르르', '콸~콸' 크고 작은 바위 사이로 경쾌하게 흐른다. 그 절경과 하모니에 발걸음은 더디기만 하다.

꿩 대신 닭일까? 선녀 대신 여성 등산객 몇몇이 계곡에 발을 담그고 있다. 혹시나 하고 가까이 가보았으나 역시나 선녀는 아니다. 그러나 물이 얼마나 깨끗하고 맑은지 바닥에 흩어져있는 각양각색의 돌멩이까지 선명하게 보인다. 당장 뛰어들고 싶지만, 이 물이 바로 선녀가 목욕하는 물이 아닌가. 그 물에 뛰어든다는 것은 가당치도 않은 일이다. 살며시 등산화를 벗고 발만 담근다.

물속에 있는 돌멩이를 하나하나 살펴보고 있는데, 난데없이 물 위에 신비스러운 그림자가 일렁인다. 어, 이게 뭐지? 아! 이건, 이건 선녀가 틀림없다. 드디어 선녀가 날개옷을 펄럭이며 하늘에서 내려오고 있다. 잘못 본 게 아닐까 싶어 손등으로 눈을 비벼보고, 깜박이며 다시 봐도 분명 선녀가 하강하는 모습이다. 고개를 번쩍 들어 하늘을 바라보니 웬걸, 바람에 나뭇잎

이 살랑인다. 그 나뭇잎 사이로 언뜻언뜻 보이는 파란 하늘이
눈부시게 맑을 뿐이다.

대체 선녀는 어디로 갔을까? 아무도 없는 심야에 잠시 내려
왔다가 올라간 건 아닐까? 아니면 아예 전설 속으로 사라져버
린 걸까?
선녀를 보겠다고 마냥 눌러 있을 수는 없는 일. 이제 집으로
돌아가야만 한다. 선녀보다는 거시기하지만, 그래도 날개옷을
잃은 선녀처럼 도망가지도 못하고 함께 살고 있는 아내 곁으로.

여기도 봉화산
저기도 봉화산

금북정맥 은봉산에서 북쪽으로 분기한 산줄기가 고산지맥이다. 그 산줄기를 따라 2㎞쯤 나아갔을까, 봉화산 산정에 돌을 쌓아 올린 탑이 우뚝 서서 나를 맞아준다. 돌탑은 대충 봐도 일반 돌탑과는 확연히 다르다. 나라에 위급한 일이 닥쳤을 때 연기나 횃불을 피워 올리던 봉수대(烽燧臺)이다.

그런데 여기도 봉화산 저기도 봉화산, 가는 곳마다 널려 있는 게 봉화산이다. 왜 이토록 봉화산이라 이름하고 있는 산이 많은 걸까?

그래서 확인해봤다. 산림청은 몇 해 전, 우리나라에 있는 산은 모두 4,440개라고 공식적으로 발표했다. 그때 산 이름에 대한 분석을 곁들여 내놨는데, 가장 많은 이름은 봉화산(烽火山)이다. 봉화산이 47개로 가장 많고, 국사봉이 43개로 그다음이다.

나는 산행 중 봉화산을 수없이 만났기에 "어, 여기도 봉화산이네."라며, 별다른 생각 없이 스쳐 지나곤 했다. 그런데 오늘은 잠시 걸음을 멈추고 상념에 젖어 든다.

우리나라의 반만년 역사는 전쟁의 역사라고 해도 틀린 말이 아니다. 고려시대의 여요전쟁, 여몽전쟁, 왜구침입과 조선시대의 임진왜란, 정유재란, 병자호란 등 외적의 침입, 그리고 고구려 백제 신라 삼국 간의 전쟁과 6·25전쟁까지 수많은 전쟁으로 점철되어온 게 우리나라의 역사이다.

적의 침입에 방어하고자 시야가 트인 산꼭대기에 봉수대를 쌓고 봉군(烽軍)을 세워 정찰토록 했으며, 적이 침입하면 중앙에 알리도록 했다. 그런데 무전기도 전화도 없던 그 시대에 봉군은 어떻게 중앙에 알렸을까?

봉수대에 근무하던 봉군은 적의 침입을 인지하면 연기나 횃불로 알렸다. 낮에는 섶나무나 갈댓잎 또는 말똥, 소똥 등 짐승의 똥을 태워 연기를 피워 올리고, 밤에는 횃불을 밝혀 신호했다. 외적이 해상이나 국경에 나타났을 때, 또는 우리 병선과 접전하거나 상륙했을 때는 그 숫자를 달리했다. 이를 전달받은 봉수대는 다음 봉수대로 전달하고, 다음 봉수대는 다다음 봉수대로 전달하여 최종으로 서울 목멱산(현재의 남산) 봉수대까지 전달했다.

이런 봉수대가 전국에 650여 개가 운영되었다고 하니, 봉화산도 많고 봉수대도 많을 수밖에. 그러나 봉수대가 있다고 하여 모두 봉화산으로 불리었던 것은 아니다. 이름 없던 산이 봉화산 또는 봉수산, 봉대산으로 불리었고 이름 있는 산은 애초의 이름으로 불리었다. 내 고향 보령지역만 해도 해안선을 따라 8개의 봉수대 흔적이 남아있는데, 그중 봉화산과 봉대산을 제외하고는 모두 애초의 이름으로 불린다.

이곳 정미 봉화산 봉수대는 남서쪽으로 직선거리 13㎞ 정도 떨어진 서산 옥녀봉 봉수대에서 신호를 전달받아 북쪽으로 직선거리 13㎞ 정도 떨어진 당진 고산 봉수대로 전달하던 봉수대이다. 그런데 아쉽게도 애초에 쌓아 올린 봉수대가 아니고 1999년에 복원한 것이다. 그러나 이곳처럼 복원해놓은 곳보다 허물어진 채 방치된 곳이 더 많은 게 현실이다. 역사의 한 조각들이 하나둘 사라져가는 것 같아 안타까울 뿐이다.

봉수대 간격을 13㎞마다 세웠던 것은 봉군이 육안으로 신호를 확인할 수 있는 최대거리이기 때문이 아닐까 싶다. 황사와 미세먼지가 하루가 멀다고 극성을 부리는 요즘 같으면 13㎞는 어림도 없고 1.3㎞도 신호를 식별하기 쉽지 않을 것이다.

만약 안개나 비, 바람으로 신호를 할 수 없거나, 신호를 식별할 수 없을 때는 어떻게 했을까? 그때는 포를 쏘거나 나팔을 불거나 징을 울려 신호했다. 이 또한 여의치 않을 때는 봉군이 다음 봉수대까지 직접 달려가서 알렸다고 한다. 이러한 봉수제도는 고종 31년(1884년) 현대의 전화통신시대가 열릴 때까지 계속되었다.

가만있자, 그렇다면 봉군이 되려면 시력도 좋아야 하고 누구보다 민첩해야 할 터인데, 잘하는 것이 아무것도 없는 나는 당시에 살았더라면 봉군조차 되지 못했을 것이 아닌가. 이거 참.

국사봉이라 부르는 산은 왜 또 이리 많을까? 나는 어딜 가나 그곳 지명 유래를 살펴보는 버릇이 있다. 살펴보면, 국사봉에는 나라를 사랑하고 걱정하는 선현들의 충정이 깃들어있다. 나라의 안위를 걱정하는 선비들이 날마다 산봉우리에 올라 임금이 계신 곳을 바라보며 나라를 생각했다는 국사봉(國思峰). 고려 말 조선 초 관직을 버리고 산속에 은거하던 선비들이 산봉우리에 올라 슬픔을 달랬다는 국사봉(國土峰). 사당을 지어놓고 국태민안을 위해 제사를 지냈다는 국사봉(國祠峰). 나라의 스승인 국사를 배출한 지역에 있는 산이라 하여 국사봉(國師峰) 등 다양한 전설이 전해 내려온다.

산행하며 봉화산과 국사봉만큼이나 자주 마주하는 것은 또 있다. 그건 산성(山城)이다. 산성도 남한산성이나 북한산성 등 몇 개의 산성을 제외하고는 봉수대처럼 그 흔적만 남아있는 곳이 대부분이다. 산꼭대기를 중심으로 주변에 흩어진 돌들이 이곳이 성터였음을 말없이 알려주고 있을 뿐이다.

적군이 해상에 나타나 상륙하려 한다. 서둘러 신호해야 하는데, 비바람이 몰아쳐 신호할 방법이 없다. 그렇다고 조금도 지체할 수가 없다. 이를 어찌해야 한단 말인가? 이거야말로 '소나기는 쏟아지고 똥은 마렵고 허리띠는 옹치고 꼴짐은 넘어지고 소는 콩밭으로 뛰어가'는 형국이 아닌가. 봉군은 안절부절못하

다 넘다 산에서 달려 내려와 평지를 달리고 다시 다음 봉수대가 있는 산봉우리로 헉헉거리며 뛰어 올라간다. 생각만 해도 내가 숨이 다 찬다.

산의 이름도 거저 얻어진 게 아니다. 이름 하나하나에도 그 유래가 있고, 역사의 현장이 우리 산줄기에 고스란히 담겨있다. 끊임없는 적의 침입과 전쟁에 나라가 얼마나 위태로웠는지, 또 선인들의 삶이 얼마나 힘겹고 고달팠는지 어렴풋이나마 짐작된다.

한 무리의 등산객이 산정에 이른다. 그들이 두런거리는 소리에 상념에서 깨어난다.

시린 가슴으로, 자리에서 일어나 가던 길을 이어간다.

전설이 되기 위해서일까

단양 신선봉에 오르는 길이다. 정상을 코앞에 두고 마지막 있는 힘을 다해 급경사를 치고 오르는데, 눈앞에 소나무 한 그루가 내 눈길을 사로잡는다. 바위틈에 뿌리를 내리고 있는 한 그루의 소나무. 어떤 사연이 있기에 홀로 서 있을까. 외로운 듯 아름다운 너. 너를 보니 고향 생각이 절로 나는구나.

내 고향 보령 꽃고개 마을 뒷동산에는 소나무와 진달래가 유난히 많다. 그곳에 봄이 열리면 진달래가 흐드러지게 피어 온 산을 붉게 물들이고, 한 자락 바람이 불면 노란 송홧가루가 분분히 흩날린다. 그즈음이면 떠오르는 시, 박목월의 「윤사월」!

송홧가루 날리는 외딴 봉우리
윤사월 해 길다 꾀꼬리 울면
산지기 외딴집 눈먼 처녀사

어렸을 적, 봄이 오면 발걸음은 저절로 뒷동산으로 향했다. 송홧가루를 털어와 다식을 박아 제사상과 차례상에 올렸다. 솔잎으로 다식판에 참기름을 찍어 바르고, 송홧가루 반죽을 다식판에 넣어 손가락으로 꾹꾹 눌러 박으면 꽃무늬나 글자가 새겨진 예쁜 다식이 만들어졌다. 그게 재밌어서 다식 만드는 건 내가 한다고 떼를 쓰기도 했다.

솔잎을 따와 시루 바닥에 깔아놓고 송편을 쪘다. 한입 베어 물면 고소한 참기름 냄새와 향긋한 솔잎 향이 입안에 은은히 퍼지며 자꾸만 손이 갔다. 요즘 떡집에서 찐 송편은 송홧가루를 넣어 반죽하는 경우도 드물고 솔잎을 깔지도 않는다. 송편(松䭏)이란 이름도 바꿔야 하지 않을까 싶다.

떨어진 솔잎을 긁어모으고 솔가지를 잘라 한 지게 지고 내려와 아궁이에 넣고 불을 지폈다. 아기가 태어나면 부정을 막기 위해 짚으로 새끼줄을 꼬아 금줄을 만들어 대문에 걸었다. 태어난 아기가 사내아이면 숯과 빨간 고추를, 계집아이면 숯과 함께 생솔가지를 꽂아 걸었다.

옛날 먹을 게 없던 시절에는 소나무 속껍질을 벗겨 먹고 솔잎을 생으로 씹어 먹거나 가루를 내어 먹으며 배고픔을 달랬다. 오죽했으면 이것들을 먹고 변비가 와 '찢어지게 가난하다'라는 속담까지 생겨났을까. 요즘에는 많은 사람이 성인병 예방과 노화 방지에 좋다 하여 솔잎차를 즐겨 마시고, 피톤치드가 많이 나온다 하여 소나무 숲을 찾아 산림욕을 즐긴다. 이렇듯 가난할 때 목숨을 부지해주고, 풍요할 때 멋을 더해주는 소나무의 은덕을 우린 잊고 산다.

선조들은 대나무, 매화와 함께 소나무를 추운 겨울의 세 벗으로 꼽았다. 또한 물, 돌, 대나무, 달과 함께 다섯 벗으로 삼았으며, 장생불사한다는 십장생 중의 하나로 손꼽기도 했다. 사람이 아닌데도 임금으로부터 벼슬을 받은 일도 있다. 속리산 법주사 가는 길에 수령 600년 정도 되는 멋진 소나무가 바로 벼슬을 받은 소나무이다. 조선 세조가 법주사에 행차할 때 가마가 소나무 가지에 막혀 더는 나아가지 못하자 소나무가 스스로 가지를 들어 올려 지나가도록 했다는 것이다. 이에 세조는 임금을 섬기는 충정이 깃든 소나무라 하여 정이품 벼슬을 내렸다.

사육신 중의 한 분이신 성삼문은 단종의 복위를 꾀하다가 발각되어 처형장으로 끌려가면서, 자신이 죽으면 낙락장송이 되어 독야청청하리라고 했다. 소나무가 우리 민족의 상징인 지조와 절개를 닮았다고 여겨서이다.

사시사철 변함없는 소나무. 그 만고불변의 아름다움을 화가들은 화폭에 담고 작가들은 사진이나 글의 소재로 삼는다. 바닷가의 아름다운 경치를 일러 청송백사(靑松白沙)라 하고, 흰 학의 누각이라 하여 청송백학루(靑松白鶴樓)라 한다. 학 뒤의 병풍이라 하여 청송학후병(靑松鶴後屛)이라 하고, 객을 맞이하는 일산이라 하여 송작영객개(松作迎客蓋)라 한다.

이같이 지조와 절개 그리고 아름다움의 상징인 소나무는 우리나라 산림의 60퍼센트를 차지할 만큼 흔하기도 했고, 어느 산이든 산에만 가면 볼 수 있었다. 그 많고 많던 소나무는 화전을 일구거나 땔감으로 마구 베어지면서 그 수가 점점 줄어들기 시작했다.

조선시대에는 소나무를 보호하려고 예조에서 직접 관장했다. 소나무가 잘 자라는 전국 60여 개의 산을 금산(禁山) 또는 봉산(封山)으로 지정하여 금표나 봉표를 세우고 별도의 벼슬아치를 두어 백성의 출입을 금지했다. 대표적인 곳이 경북 문경에 있는 황장산이다. 이 산의 애초 이름은 작성산이었으나, 자생하고 있는 황장목을 보호하기 위해 산 이름을 황장산으로 바꾸고 봉산으로 지정했다.

황장목(黃腸木)이란 심지 부분이 누런 색깔을 띠며 단단하고 곧게 자라는, 금강송이라 부르는 품격 있는 소나무이다. 궁궐을 짓는 재궁용 또는 임금의 관을 만드는 관곽용으로 주로 사용했다. 대원군이 경복궁을 지을 때도 이 나무를 사용했다. 귀한 나무이다 보니, 벌목할 때는 단오제의 전통 제례 절차에 따라 위령제를 올리고서야 도끼를 들었다.

이렇게 철저히 관리되었음에도 일제강점기를 거치면서 그 수가 급격히 줄어들었다. 일제는 전투기 연료로 사용하기 위해 수피에 칼로 'V'자 형태로 상처를 내고 송진을 채취해갔다. 그로도 부족해 질 좋은 황장목을 마구 베어갔다. 황장산이라는 이름이 무색하게 지금 그 자리에는 굴참나무와 신갈나무만 무

성하게 자라고 있다. 어디 그뿐인가. 죽령 근처에도 소나무를 베어낸 자리에 우리 민족정기를 말살하려 심어놓은 일본잎갈나무가 숲을 이루고 있다.

흔하디흔한 소나무가 이제는 찾아보기조차 쉽지 않다. 이러다 전설 속의 나무로 남게 되는 것은 아닌지 모르겠다. 단양 신선봉 바위틈에 뿌리를 내리고 있는 소나무도 전설이 되기 위해 홀로 서 있는 것은 아닐까?

굽어살펴 주시옵소서

"산신령이시여! 지난 한 해 동안 보살펴주신 데 대하여 감사드리옵니다. 올 한해도 무사히 산행할 수 있도록 굽어살펴 주시옵소서!"

소백산 기슭에 근사한 고사상이 차려졌다. 시산제 현수막을 걸어놓고 태극기와 산악회 깃발을 세웠다. 그 앞에 늘어서서 순국선열 및 먼저 가신 산악인에 대한 묵념을 드리며 시산제는 시작되었다. 초헌을 올리고 축문을 읽고 헌작을 한다. 상 위에 있는 돼지머리는 귀를 쫑긋 세운 채 콧구멍을 크게 벌리고 빙그레 미소 짓고 있다. 절을 하고 돼지머리 입에 돈 봉투를 물려주었다. 돈 봉투를 가득 물고 있는 돼지머리를 보니 모든 소원을 다 들어줄 것만 같다. 술잔을 올리고 삼배를 드리며 무사 산행을 기원한다.

"산신령이시여! 지난 한 해 동안 보살펴주신 데 대하여 감사

드리옵니다. 올 한해도 무사히 산행할 수 있도록 굽어살펴 주시옵소서!"

종헌을 올리고 뒤로 돌아 7배를 드린다. 7배는 동, 서, 남, 북, 천, 지, 인, 즉 사방팔방 모든 신을 뜻한다. 끝으로 산악인의 선서를 하고 음복한다. 산악인의 선서는 노산 이은상 선생님이 1967년에 지으신 것이다. 묘하게 글자 수가 딱 100자로 이루어져 있다.

산악인은 무궁한 세계를 탐색한다. 목적지에 이르기까지 정열과 협동으로 온갖 고난을 극복할 뿐 언제나 절망도 포기도 없다. 산악인은 대자연에 동화되어야 한다. 아무런 속임도 꾸밈도 없이 다만 자유, 평화, 사랑의 참 세계를 향한 행진이 있을 따름이다.

시산제는 매년 정월 보름 경, 산악회에서 지난해 무사 산행에 감사하고 올해 무사 산행을 기원하며 산신께 올리는 제사이다. 시산제를 지내려면 제수 음식을 준비해야 한다. 대추, 밤, 감, 배, 사과, 북어포, 삼색나물, 전, 술 등은 일반 제수 음식과 다를 게 없다. 다른 것이 있다면 시루떡과 돼지머리, 이 두 가지만큼은 절대 빠지면 안 되고 반드시 통째로 갖춰야 한다.

제를 올리는 장소도 지금은 산어귀에서 지내지만, 몇 년 전만 해도 산 정상에서 지냈다. 그때 고사 음식을 정상까지 옮기는 일은 보통 일이 아니었다. 배낭에 나누어 옮기긴 했으나 시루떡과 돼지머리는 부피도 크고 무게도 무겁다. 특히 돼지머리는 귀가 쫑긋 선 채로 옮겨야만 한다. 요즘에는 돼지머리 대신 돼지저금통을 놓고 약식으로 지내는 산악회가 점점 늘어나고 있다. 지극히 현실적이고 합리적인 방향으로 바뀌어가고 있다.

우리나라에는 산마다 산을 지키고 다스리는 산신이 있다. 전설이나 설화에는 산신령 할아버지가 빠지지 않고 등장한다. 사찰마다 산신각을 지어놓고 산신을 모시고 있으며, 무속인이 산신을 모셔놓은 곳도 많다. 이같이 우리 민족이 산과 산신을 숭배하는 사상은 환웅천왕이 태백산 신단수 아래로 내려와 인간을 다스리기 시작할 때부터이다. 시대는 많이 변했으나 지금까지 우리 민족 고유의 민속신앙으로 굳건히 자리 잡고 있다.

우리나라의 수많은 산신 중 대표적인 산신으로는 태백산신과 소백산신을 꼽을 수 있다. 백두대간 고치령 산령각에는 태백산신과 소백산신이 함께 모셔져 있다. 두 분의 산신을 함께 모셔놓은 것은 고치령이 태백산과 소백산 사이에 있는 양백지간으로, 두 분이 언제든 만날 수 있는 곳이어서라고 한다. 아마도 지금 이 시각에도 두 분께서는 과거의 설움과 회한을 모두 내려놓고 숙부와 조카로서 돈독한 정을 나누고 계실 것만 같다.

누가 태백산신이 되었는가? 단종이다. 조선 제6대 왕으로 수양 숙부에 의해 유배되어 생을 마감하고 태백산 산신이 되었다. 단종이 영월에 유배되었을 때, 그 고을 추익한 전 한성부윤이 태백산의 머루와 다래를 따서 자주 진상하였다. 그러던 어느 날 꿈에 곤룡포 차림으로 백마를 타고 태백산으로 오는 단종을 만났다. 이상히 여겨 급히 영월에 가보니 단종이 그날 세상을 떠난 것이다. 단종의 혼령은 태백산에 이르러 "여기는 내 땅이다."라고 하였고, 태백산 산신이 되었다.

소백산신은 누구인가? 금성대군이다. 세종의 여섯 째 아들이며 단종의 숙부이다. 사육신 단종 복위운동에 연루되어 친형인 수양대군에 의해 순흥에 유배되었다. 역모의 죄인이라 하여 거처에 가시울타리를 두르고 벗어나지 못하게 하였다. 이른바 위리안치(圍籬安置)의 형벌. 그러나 서슬 퍼런 감시와 핍박에도 금성대군의 절개를 꺾지는 못했다. 순흥부사 이보흠과 함께 단종의 복위를 도모하였으나 관노의 밀고로 실패하였다. 결국 금성대군은 사사되었고 함께 처형당한 300여 명의 피가 내를 이루어 흘렀다. 그로부터 영주는 충절의 고장으로 불리게 되었고, 충절의 상징인 금성대군은 이곳을 감싸고 있는 소백산 산신이 되었다.

몇 해 전 태백산신을 뵙기 위해 태백산 단종비각과 단종이 잠들어있는 영월 장릉을 둘러보았다. 하지만 아직 소백산신이 계신 곳은 찾아뵙지 못했다. 때마침 시산제를 마치고 시간 여유가 있었다. 소백산신을 알현하기 위해 순흥에 있는 금성대군 신단을 찾아갔다.

경북 영주시 순흥면 신단 입구에 이르러 '금성대군신단 단종 복위운동성지'라는 안내판과 마주하자 저절로 옷깃부터 여며진다. 조선시대의 슬픈 역사 속으로 들어가려니 마음이 무거워진다.

신단에 들어선다. 신단은 텅 빈 집처럼 고적만 감돈다. 가까이에 있는 소수서원이나 선비촌에는 많은 사람의 발길이 끊이지 않는데, 이곳은 찾는 이도 없는 듯하다. '금성대군지위(錦城大君之位)'라고 쓰인 제단과 비석이 자리하고 있을 뿐이다. 그런데 비석에 '우명조선단종조충신(又明朝鮮端宗朝忠臣)'이라고 쓰여있는 게 아닌가. 금성대군을 명나라 속국 조선 단종의 충신이라니, 마음이 착잡해진다. 그러나 차가운 제단과 비석은 아무런 말이 없다. 500여 년의 오랜 세월 동안 이렇게 말없이 서 있었을 것이다.

신단 한쪽에 허름한 초가지붕이 보인다. 가까이 다가가 본다. 금성대군이 위리안치되었던 현장이다. 밑으로 구덩이를 파고 돌로 벽을 쌓아놓았다. 주변에 탱자나무를 촘촘히 심어 가시울타리를 만들어놓았다. 날개가 있으면 모르겠지만 구덩이 속에서 밖으로 나오기는 불가능하다. 한 평 남짓한 바닥은 축축하다. 누울 수도 앉아있을 수도 없다. 어떻게 지내셨을지, 가슴이 먹먹할 뿐이다.

한 많은 세월을 살다 간 금성대군. 금성대군이 사사된 슬픈 역사의 장소에서, 충절이 서려 있는 제단 앞에서 두 손 모아 넋을 기려본다.

권력을 위해서라면 핏줄마저 끊어야만 했던 그 시대. 단종대왕과 금성대군은 권력에 의하여 불행하게 생을 마감하였다.

두 분의 목숨을 앗아간 수양대군은 역사 속으로 사라졌으나, 두 분은 산신이 되어 우리 곁에 돌아왔다.

신단을 떠나야만 하는 발걸음이 무겁다. 잠시 멈춰 서서 되돌아본다.

흐르고 흘러

　"하늘이 열리고 우주가 재편된 아득한 옛날, 옥황상제의 명으로 빗물 한 가족이 대지로 내려와 행복하게 살겠노라고 굳게 약속하고 하늘에서 내려오고 있었다. 이 빗물 한 가족은 이곳 삼수령으로 내려오면서 아빠는 낙동강으로, 엄마는 한강으로, 아들은 오십천강으로 헤어지는 운명이 되었다."

　이 글은 삼척시와 태백시를 이어주는 백두대간 고갯마루인 삼수령(三水嶺)에 전해 내려오는 전설이다. 빗물 한 가족이 이곳이 아닌 다른 곳으로 내려왔으면 헤어지지 않고 행복하게 살 수 있었으련만, 이곳에 내려오는 바람에 뿔뿔이 헤어질 수밖에 없는 어느 빗물 가족의 기구한 운명이 이 전설에 담겨있다.

　조선 영조 때 실학자 연암 신경준이 쓴 '산경표'에서 모든 산은 산자분수령(山自分水嶺)이라 한다. 이 말은 산은 저절로 물을 가르는 고개가 된다는 뜻이다. 즉 모든 물은 산으로부터 나뉘어 흐른다는, 자연의 섭리를 말한 것이다. 삼수령이라 부르는 것은 산자분수령에 의하여 빗물이 낙동강, 한강, 오십천강, 세 곳으로 나뉘어 흐른다 하여 붙여진 이름이다. 빗물 가족도 함께 내려왔지만, 간발의 차이로 서로 다른 강으로 흘러갈 수밖에 없었던 것이다.

속리산 천왕봉은 삼파수(三派水)의 시작점이라고 한다. 이곳에 떨어진 빗물은 세 곳으로 나뉘어 흐르기 시작한다는 것이다. 동쪽으로 흐르면 낙동강으로, 서쪽으로 흐르면 남한강으로, 남쪽으로 흐르면 금강으로 흘러간다. 울산에 있는 삼강봉(三江峰)도 그렇다. 빗물이 떨어진 위치에 따라 울산의 태화강으로, 경주의 형산강으로, 그리고 낙동강으로 제각각 흘러간다.

삼수령이나 천왕봉, 삼강봉만 그런 게 아니다. 모든 산줄기가 다 분수령이다. 빗물이 산줄기 이쪽이나 저쪽, 동서남북 어느 쪽으로 떨어지느냐에 따라 평생 흘러가는 강이 결정된다. 산마루에 떨어진 빗물이 흘러내려 하천에 흘러들고, 하천은 강으로 흘러들어 평생을 흘러간다. 그리고는 생을 다하고 바다로 빠져나간다.

빗물만 그런 게 아니다. 사람도 그렇다. 백두대간 산줄기에는 3개 도 경계선에 자리하고 있는 산이 3곳 있는데, 이 산봉우리를 삼도봉(三道峰)이라 한다. 지리산 삼도봉은 전북, 전남, 경남의 경계선에, 초점산 삼도봉은 전북, 경남, 경북의 경계선에, 민주지산 삼도봉은 전북, 경북, 충북의 경계선에 있다. 만약 민주지산 삼도봉 정상에서 내려간다고 할 때, 전북 무주로 내려갈 수도 있고 경북 김천이나 충북 영동으로 내려갈 수도 있다. 마치 빗물이 떨어진 위치에 따라 각각 다른 곳으로 흘러내리는 것처럼 말이다.

누구나 살아가면서 수많은 갈림길을 만나게 된다. 두 길을 함께 갈 수 없기에 하나의 길을 선택해야만 하고, 어느 길로 가느냐에 따라 평생 살아가는 길이 달라지는 것이다. 전문 지식과 직업을 선택해야 하고 배우자도 선택해야 한다. 무얼 먹고 무얼 입고 무엇을 할 것인지도 그때그때 선택하고 결정해야 한다. 그때 이 길로 가지 말고 저 길로 갈걸, 그랬으면 내 삶도 달라졌을 텐데, 라며 후회하는 일도 있지 않은가.

나도 수많은 선택과 결정을 하며 흐르고 흘러 오늘에 이르렀다. 하지만 영원히 흐를 수는 없는 일. 언젠가는 빗물처럼 강을 떠나 바다로 흘러들어 생을 다할 것이다. 그때 묘비명으로 뭐라고 써야 할까? 어쩌면 '흐르고 흘러 여기까지 왔노라.'라고 써야 하는 것은 아닌지 모르겠다.

문득, 로버트 프로스트(Robert Frost)의 시 「가지 않은 길」이 떠오른다.

노란 숲속에 두 갈래 길이 있었습니다.
두 길을 다 가지 못하는 것을 안타깝게 생각하면서.

(중략)

오랜 세월이 지난 후 나는 어디에선가
한숨을 쉬며 이야기하겠지요.
숲속에 두 갈래 길이 있었다고.
나는 사람이 적게 간 길을 택하였다고.
그리고 그것 때문에 모든 것이 달라졌다고.

인연의 시작과 끝

왕재지맥 마지막 구간 산행에 나섰다. 왕재지맥은 한북정맥 북한지역 장암산에서 서남쪽으로 분기한 산줄기이다. 이 산줄기는 휴전선을 넘어 뻗어 내려와 한탄강이 임진강에 합수되는 지점에 꼬리를 담근다. 지맥의 도상거리는 99㎞에 이르나, 북한지역과 군사지역으로 출입이 금지된 지역을 제외하면 걸을 수 있는 거리는 40여 ㎞에 불과하다.

지맥능선에 접속하기 위해 연천향교 앞을 지나 등산로에 들어선다. 얼마쯤 올랐을까, 등산로 옆에 귀룽나무 두 그루가 서로 맞붙은 채 눈길을 잡아끌며 걸음을 멈추게 한다. 이른바 '연리목'이다. 세상 사람들은 이같이 두 나무가 하나로 합쳐진 나무를 '부부 나무'니 '사랑 나무'로 부른다. 그런데 불현듯 아내 생각이 난다.

在天願作比翼鳥 在地願爲連理枝

하늘에서는 비익조가 되기를 원하고 땅에서는 연리지가 되기를 원하네.

당나라 시인 백거이는 시 「장한가」에서 당 현종과 양귀비의 두터운 사랑을 비익조와 연리지에 비유했다. 비익조란 암컷과 수컷의 눈과 날개가 하나씩이어서 짝을 이뤄야만 날 수 있는 새를 말한다. 연리지(連理枝)란 두 나무의 가지가 서로 맞닿아 하나가 된 나무를 말하며, 뿌리가 합쳐지면 연리근(連理根), 줄기가 합쳐지면 연리목(連理木)이라 한다. 비익조는 전설 속의 새이기에 상상 속에서나 볼 수 있지만, 연리지는 산행 중 간혹 만나기도 한다.

두 나무가 서로 가까이 뿌리를 내리면 모두 연리지가 되는 걸까? 나무는 사람이 옮겨주지 않는 한 스스로 다른 곳으로 옮겨 갈 수 없다. 뿌리를 내린 자리에서 한정된 양분과 햇빛을 서로 차지하기 위해 치열한 경쟁을 한다. 그러다 결국 경쟁에서 진 나무는 죽는다. 그게 자연의 섭리이다. 그런데 싸우다 사랑이 싹텄을까? 어느 쪽도 죽지 않고 두 나무가 한 몸이 되어 서로 의지하며 살아가는 경우도 있다.

이렇게 합쳐진 나무는 죽을 때까지 서로 떨어지지 않는다. 양분을 주고받으며 살아도 함께 살고 죽어도 함께 죽는다. 두 나무가 좁은 공간에서 몸을 맞대고 산다는 것이 편치만은 않을 터인데, 불평 한번 하지 않고 평생을 함께 살아간다.

그런데 사람은 어떠한가? 두 사람이 하나로 합쳐진다는 것은 부부가 됨을 말할 터인데, 사람도 연리지처럼 좁은 공간에서 온종일 얼굴을 맞대고 평생을 살아간다면, 아마 숨 막혀 죽겠다고 날마다 불평을 쏟아내지 않을까? 그런데 나무는 어떤 비결이라도 있는 걸까? 아니면 겉보기에만 화목한 걸까? 나무의 속마음이 알고 싶어 살며시 물어본다.

"나무야, 그렇게 사는 게 행복하니?"

"…"

"그 비결이 뭐니? 좀 가르쳐줘."

"…"

"혹시 죽지 못해 사는 건 아니니?"

"…"

나무에게서 아무런 대답도 들을 수 없었다.

부부로 맺어지려면 전생에 억겁의 인연이 있어야 한다던가? 겁(劫)이란, 어떤 시간의 단위로도 계산할 수 없는 무한히 긴 시간, 즉 천지가 개벽하고 다음 개벽할 때까지의 시간을 말한다. 굳이 인간의 시간으로 따진다면 43억 2천만 년의 시간을 말하는데, 그게 억 번이나 쌓여야 억겁의 세월이 되고, 한 쌍의 부부가 맺어진다는 얘기다. 그만큼 소중한 인연이라는 뜻으로 선인들이 남긴 말씀이겠지만, 한편 생각하면 찰나의 우연에 깃든 신의 뜻을 생각하게 한다. 그렇다면 내가 아내와 부부의 연을 맺은 것은 소중한 인연이었을까, 기막힌 우연이었을까?

내 나이 스물일곱 살이 되자 부모님은 하루빨리 결혼하기를 재촉했다. 사귀는 여성이 없다고 하자, 맞선 자리를 마련해주셨다. 내키지는 않았으나 성화에 못 이겨 맞선을 보고는 했다. 그러나 결혼 생각이 없던 터여서 건성으로 보기만 했다.

그렇게 몇 번의 맞선을 보고, 그때마다 시큰둥한 내 반응에 부모님의 성화는 계속 이어졌다. 생각해보니, 마냥 맞선만 보는 것도 내키지 않았고, 왠지 불효한다는 생각이 들었다. 그래서 그냥 결혼하겠다고 했다. 그 말이 떨어지기 무섭게 결혼 날짜가 잡혔고, 약혼식도 생략한 채 두 달 반 만에 떠밀려 결혼식장에 들어갔다.

나만 그런 게 아니라 아내도 나와 첫선을 보고 부모님의 성화에 결혼했다고 한다. 그토록 주변머리가 없는 사람끼리 만나, 애틋한 사랑의 감정을 느껴보지도 못한 채 결혼이라는 걸 했다. 그리고는 생각하길, 짚신도 짝이 있다는데 내 짝이려니, 팔자 도망은 못 한다는데 피할 수 없는 팔자가 아닌가 싶었다.

어쨌든, 나와 아내는 나무로 치면 연리지가 된 셈이다. 아내와 연분이 닿은 것은 우연에 가까웠는지도 모른다. 그러나 그 우연에 억겁의 세월이 예비한 인연이 깃들었음은, 세월이 흐르고야 알았다.

부부가 되기 위해서는 누구나 하객들 앞에서 검은 머리가 파뿌리가 될 때까지 백년해로하겠다고 언약한다. 정작 부부가 되어서는 언약은 언제 했나 싶게 아웅다웅하며 살아간다. 세상살이가 다 그렇듯 꽃길만 걸을 수 없는 게 아닌가. 살다 보면 구

름 한 점 없이 맑은 날이 있는가 하면, 먹구름이 끼고 천둥·번개가 치고 폭풍우가 몰아치는 날도 있게 마련이다. 한 치 앞이 안 보일 정도로 안개가 자욱하게 낀 날도 있고, 푹푹 찌는 더위와 살을 에는 추위를 견뎌야 하는 날도 있다. 사실 지나고 보면 이 모든 게 별일 아닌 사소한 일이지만 말이다.

나와 아내도 그렇게 고운 정 미운 정 다 들며 살아왔다. 잘 살아도 내 팔자, 못 살아도 내 팔자라고 생각하며 살아왔다. 사랑도 벗어놓고 미움도 벗어놓고 물같이 바람같이 살다가 가라는, 나옹선사의 시처럼.

아무튼, 좋은 인연이란 시작이 좋은 인연이 아닌 끝이 좋은 인연이라고 한다. 나의 인연도 시작은 그저 그랬다. 하지만 끝이 좋은 인연이고 싶다.

그런 부질없는 생각을 뒤로하고, 지맥능선에 올라 발걸음을 재촉한다.

2부

행복의 능선

산에서의 행복-봄

　거리의 색이 밝아졌다. 김밥의 행렬을 연상시키는 시커먼 롱패딩들은 어느새 사라지고 색색의 화사한 옷차림이 거리를 물들인다. 여심이 봄을 부른 건지 봄이 여성을 꽃피워놓았는지 알 수는 없으나, 어쨌든 겨울이 가고 봄이 왔다.

　봄을 온몸으로 느끼려는 사람들의 발걸음이 산, 들, 강으로 끝없이 이어진다. 따사로운 봄 햇살과 살랑대는 봄바람에 집구석에 틀어박혀 있기엔 좀이 쑤신다. 봄이 열리면서 매화, 산수유, 개나리, 벚꽃이 잇따라 피고 지더니 이제는 철쭉이 온 산을 물들인다. 때마침 산행지도 철쭉으로 유명세를 떨치는 황매산을 경유하는 코스다. 출발에 앞서 가슴부터 설렌다.

　밀치에서 진양기맥 등산로에 들어선다. 겨우내 웅크리고 있던 나무들은 가지마다 연초록 잎을 피워내며 싱그러움을 뿜어낸다. 부드러운 햇살, 향기로운 바람, 초록 물결 속을 걷노라니 청량한 봄기운이 가슴 속 깊이 밀려온다.

하지만 드물게 있는 철쭉은 이미 시든 채이다. 고혹적인 모습으로 벌과 나비를 불러들여 한바탕 잔치를 벌이고 난 꽃잎은 이제 스스로 만족해하며 나른한 휴식에 빠져있는 것만 같다.

봄은 아래로부터 위로 올라가는 게 자연의 섭리가 아니던가. 고도를 점점 높여 강섭산과 할미산을 지날 즈음, 이제 막 꽃잎을 연 철쭉이 하나둘 모습을 드러내기 시작한다. 예쁘디예쁜 꽃잎이 바람에 한들거리는 것이 '나 여기 있어요.'라며 벌과 나비를 부르는 듯하다.

철쭉으로 가득한 황매평전을 머릿속에 그리며 마지막 오름길을 재촉해 정상에 올라선다. 숨 고를 틈도 없이 두 눈은 황매평전으로 향한다. 아니나 다를까, 그곳은 온통 진분홍빛 물결이 넘실댄다. 누군가 붉은 물감을 풀어놓은 것만 같다. 사람 반 꽃 반, 사람도 넘치고 꽃도 넘쳐난다.

철쭉의 원래 이름은 척촉(躑躅)이다. 세월이 흐르며 변음이 되어 철쭉으로 부르는데, '척'자도 '촉'자도 머뭇거린다는 뜻이다. 이름 때문일까? 저절로 걸음이 멈춰진다. 꽃만 아름다운 게 아니라 사람들도 꽃만큼이나 아름답다. 여성대원들은 철쭉을 배경으로 요리조리 포즈를 취하며 사진을 찍고 또 찍는다. 남성보다 여성이 꽃에 더 열광하는 것은 왜일까? 꽃을 닮아서일까? 어쨌든 남자보다 여자가 꽃 옆에 있는 것이 더 잘 어울린다.

웬일인지 50대 여성 한 분이 사진을 찍지 않고 바라보기만 한다. 그 이유가 궁금하다.

"왜 사진을 찍지 않으세요?"

"젊었을 때는 많이 찍었어요. 그땐 꽃이 내 장식품이 되었지만, 이제는 내가 초라하게 보여요."

예상외의 답변이다. 아! 여인들은 꽃과 아름다움을 겨루기도 하는 걸까? 그러나 다시 봐도, 그 여성이 꽃 옆에서 그다지 초라해 보이지는 않는다. 사실 잘 물든 단풍이 봄꽃보다 아름답듯이 나이를 먹어서도 아름다운 분들이 있다.

이곳 황매산에 철쭉이 군락을 이루기 시작한 때는 1970년대부터다. 애초에는 나무를 베어내고 목장을 조성했다. 방목한 소와 양은 관목과 풀은 뜯어 먹었으나 독성이 있는 철쭉은 먹지 않았다. 따라서 관목은 저절로 사라지고 철쭉만 무성하게 자랐다. 그로부터 바래봉, 소백산과 함께 국내 최대의 철쭉군락지로 이름을 떨치고 있다.

그런데 나와는 악연으로 맺어져 있다. 지난해 이맘때, 정상에 오르고 순결바위능선으로 하산하는 길에 바위에서 미끄러지는 사고를 당했다. 그 사고로 무릎인대가 찢겨 지금까지 고생하고 있다. 그래서 다시는 오지 않으려고 마음먹기까지 했다. 그러나 산과의 인연도 그렇게 마음먹은 대로 되지는 않았다. 결국 이곳에 다시 오게 되지 않았는가. 산을 오르되, 사고가 난 방향은 바라보고 싶지도 않았건만, 그것마저 뜻대로 되지 않는다. 황매삼봉에 오르자 악연을 맺었던 순결바위능선이 한눈에 보인다. 애써 외면하려 했으나 철쭉밭에 이어져 있어 자꾸만 그쪽으로 눈길이 간다.

바위능선 구간이 지나고 장군봉능선 외진 숲길에 들어선다. 어디선가 '홀딱 벗고' 새소리가 들려온다. 그러고 보니 어느새 5월이다. 동남아에서 겨울을 보내고 따스한 5월이면 어김없이 찾아와 노래를 들려주는 검은등뻐꾸기. 걸음을 멈추고 고개를 들어 주위를 살펴봐도 새는 보이지 않는다. '홀딱 벗고' 가락에 맞춰 '사랑해요', '행복해요' 등 말을 만들어 흉내 내본다. 새가 한 번, 내가 한 번 주거니 받거니 한다. 겨우내 묻어두었던 행복이 스멀스멀 피어오른다.

검은등뻐꾸기는 공부는 하지 않고 게으름만 피우다가 세상을 떠난 스님이 환생했다는 전설이 깃들어있는 새이다. 그렇다면 '홀딱 벗고'라는 요망한 울음소리는 어찌 된 것일까? 그 소리는 스님들에게 탐욕도 성냄도 어리석음도 모두 '벗어 놓고' 수행에만 정진하여 부디 해탈하라는 간곡한 호소라고 한다. 재미있는 점은 이 새의 노랫소리가 듣는 사람에 따라 다르게 들린다는 것이다. 사랑하는 연인이 들으면 '결혼해라', 학생들이 들으면 '공부해라', 살찐 사람이 들으면 '살 좀 빼라', 망나니짓을 일삼는 사람에게는 '정신 차려'…

그렇다면 내 귀엔 어떻게 들릴까? 잠시 귀를 기울여본다. '힘내세요' 어, 뭐라고? 다시 들어봐도, 내 귀엔 '힘내세요'라고 들린다. 새의 응원 소리를 들으니 마음까지 상쾌하고 힘든 줄도 모르겠다.

사실 뻐꾸기는 평판이 좋지 않은 새이다. 제 둥지를 만들지 않고 다른 새의 둥지를 이용한다. 다른 새가 알을 품고 있다가 잠깐 자리를 비우면 잽싸게 날아들어 알 하나를 굴려 떨어뜨리고 그 자리에 자기 알 하나를 낳아놓는다. 다른 새는 아무것도 모른 채 알을 품어 부화시키고 키운다. 하는 짓은 얌체 중의 얌체이다. 하지만 노랫소리만큼은 구슬을 굴리듯 맑고 곱다. 더구나 힘을 내라 응원해주니….

아름다운 철쭉, 철쭉보다 더 아름다운 사람들, 검은등뻐꾸기와 함께하며 무르익은 봄의 정취를 만끽한 행복한 산행이었다.

산에서의 행복-여름

행정안전부에서 연일 '폭염경보' 문자메시지가 날아온다. 그도 그럴 것이, 문밖에 나가기만 하면 땀이 줄줄 흘러내리고 숨이 턱턱 막힌다. 찜통더위는 밤까지 이어져 잠을 설치다 보니온몸이 노곤하다. 이럴 땐 선풍기나 에어컨을 틀어놓고 큰대자로 누워 더위를 피하거나, 더위를 이겨내기 위해 어디론가 떠나야 한다. 이럴 때 나는…

더위를 피해야 할까, 아니면 더위를 이겨내야 할까? 까짓것, 이겨내지 뭐. 그래, 산으로 가자.

이번엔 울산광역시 두서면 보현사 입구에서 시작하는 산행이다. 바람결에 실려 온 그윽한 향내가 코끝에 와 닿고, 초록색대나무 잎이 살랑대는 것이 더없이 싱그럽다. 보현사 경내에들어서자 대웅전 주위에는 돌을 하나씩 쌓아 올린 작은 돌탑이십여 개나 세워져 있다. 누가 무엇을 기원하며 쌓았을까? 돌 하나하나마다 불심이 서려 있는 듯하다.

산신각 옆 등산로에 들어선다. 등산객의 발길이 뜸해서인지 잡목과 잡초가 우거져 길조차 찾기가 쉽지 않다. 설상가상으로 경사도 급하다. 시작부터 숨은 턱까지 차오르고 땀은 물 흐르듯 흘러내린다.

아미산에 오르자 등산로는 뚜렷해진다. 정상의 작은 공터에는 산불감시초소만 덩그러니 있을 뿐, 휴일이어서인지 감시요원은 없다. 잠시 배낭을 내리고 땀을 닦으며 목을 축인다. 물 한 모금에 갈증이 싹 가신다.

그늘 하나 없이 뙤약볕 내리쬐는 능선 길을 이어간다. 온몸에 땀이 분수처럼 솟아 흐르고, 셔츠는 흥건히 젖어 착 달라붙는다. 머리에서 흘러내린 땀방울이 눈썹 위에 잠시 머물다가 눈 속으로 흘러들어 눈이 시리고 따끔댄다. 얼른 손수건을 꺼내 땀을 훔친다. 몸에 있는 수분이란 수분은 모조리 빠져나오는 듯하다. 그러나 이상하게도 마음은 오히려 가볍고 맑아진다. 식염포도당 한 정을 꺼내 먹는다. 땀을 많이 흘리고 목이 탄다고 물만 마시면 전해질 균형이 깨진다. 언젠가 산행 중 다리에 쥐가 나서 옴짝달싹하지 못한 적이 있는데, 그때도 물만 먹어서 그랬다. 그 후로는 꼭 식염포도당을 챙긴다.

어느새 선재봉을 지나 백운산 정상이다. 때마침 한줄기 시원한 바람이 불어온다. 땀투성이의 얼굴을 뽀송뽀송하게 식혀주고 몸 구석구석은 물론 오장육부까지 뻥 뚫리는 느낌이다. 에어컨이나 선풍기가 앞에 있다 한들 이보다 더 시원할까? 산바람을 온몸으로 맞는 기분, 이 맛에 산에 오지 않고는 배길 수가 없다.

저 멀리로는 가지산, 신불산, 간월산, 고헌산, 운문산 등 영남 알프스가 겹겹이 늘어서서 출렁인다. 문득 재약산 사자평과 신불산 억새평전에 억새가 은빛 물결을 이루어 하늘하늘 춤추는 광경이 장관을 이루던 가을 풍경이 떠오른다.

한 무리의 등산객이 이르더니 정상석을 배경삼아 사진을 찍는다. 저마다의 밝은 표정은 훗날 저들의 추억이 될 것이다. 백운산은 낙동정맥 산줄기에 위치한 산인데, 행색을 보니 정맥을 종주하는 산꾼은 아니다. 말씨를 보아 이 지역 사람들이다. 산꾼도 아닌 그들은 왜 이토록 더운 날 이곳에 왔을까? 일상에서 벗어나고 싶어서였을까, 아니면 몸과 마음을 단련시키고 싶어서였을까? 이도저도 아니면 나처럼 더위를 이기려 왔을까?

봉우리에 떨어진 빗물이 세 개의 강으로 흘러간다는 삼강봉(三江峰). 세 개의 강은 울산 태화강, 경주 형산강, 그리고 낙동강이다. 나는 삼강봉에서 울산 태화강 쪽 내림 길에 들어선다.

한동안 나아가 임도에 이르니, '삼백육십오일사' 안내판이 눈길을 잡아끈다. 순창 회문산 자락에 있는 '만일사'는 무학 대사가 이성계를 위해 일만일 동안 기도했다고 하여 만일사라고 한다. 이곳 '삼백육십오일사'는 어떤 이야기가 전해오고 있을까? 분명 재미있는 사연이 있을 텐데, 알지 못하니 안타깝다. 언젠가 듣게 될 그 날을 기약하며 발걸음을 재촉한다.

여름 햇살에 나무들은 더욱 진한 초록빛을 발산한다. 하늘을 향하여 쭉쭉 뻗어 올라간 굴참나무가 능선 길에 시원한 그늘을 드리워준다. 쨍쨍 내리쬐는 햇볕 아래 이보다 더 좋은 선물이 있을까? 잠시 걸음을 멈추고 쉬어간다. 청량한 산바람에 가슴속까지 시원하다.

한 굽이 오름길을 이어가 천마산에 오르고, 다시 내림 길에 들어선다. 어디선가 '철~철' 물 흐르는 소리가 들려온다. 이렇게 반가울 수가, 물소리만 들었을 뿐인데 더위가 싹 가시는 듯하다. 잠시 후 계곡에 이른다. 어느새 날머리인 미호천 계곡이다. 이 계곡에 흐르는 물이 바로 삼강봉에서 시작되어 태화강으로 흘러가는 물이다.

물이 얼마나 맑은지, 샘물처럼 맑고 깨끗한 게 바닥에 가라앉은 나뭇잎의 잎맥까지 선명하게 보인다. 땀 찬 등산화를 벗고 잠시 몸을 담근다. 얼음물 같이 차가워 온몸에 소름이 돋을 정도다. 축 늘어졌던 몸이 금세 생기를 되찾고, 산행에 쌓인 피로가 말끔히 가신다.

널리 알려진 곳을 찾아가야만 피서를 할 수 있는 것이 아니다. 이같이 이름 없고 호젓한 곳을 찾아 산행하며 더위를 이기는 길도 있다. 더위를 피하려면 더위 속으로 들어가라는 말처럼, 더위 속에 들어가 땀을 흠뻑 흘리고 시원한 계곡물에 몸을 담그는 이 맛. 이만한 피서가 또 있을까? 이대로 눌러앉아 여름을 다 보낼 수 있다면 얼마나 좋을까?

어디서 나타났는지 작고 귀여운 다람쥐 한마리가 주변을 맴돈다. 먹이를 달라는 듯 꼬리를 동그랗게 말아 흔들며 애교까지 부린다. 배낭을 열어 사과 한 조각을 던져주자 잽싸게 달려와 냉큼 집어 든다. 두 손을 비비며 고맙다는 인사도 빼놓지 않는다. 다람쥐가 행복해하는 모습에 나까지 덩달아 행복해진다.

먹을거리를 챙겨 총총 떠나는 다람쥐를 보며 문득 생각해본다. 인간을 빼고, 어느 짐승, 어느 나무가 더워 못 살겠다고 호들갑을 떤단 말인가. 무릇 한여름이다.

산에서의 행복-가을

가을을 일러 독서의 계절이라고 했던가. 일리 있는 말이다. 그러나 나에겐 가을은 등산의 계절이다.

유난히 뜨거웠던 여름이 지나고 어느새 가을이 곁에 와있다. 이맘때면 색색으로 물든 단풍이 일 년 중 가장 아름다운 산을 만든다. 그러니 발걸음이 저절로 산으로 향할 수밖에. 그런데 어느 산으로 가야 할까? 설악산, 오대산, 태백산은 단풍 반, 사람 반이다. 사람이 찾지 않는 호젓한 곳은 어디 없을까?

버스는 어둠 속을 달려 석개재에 이른다. 석개재는 낙동정맥 산줄기인 면산과 묘봉을 이어주는 고갯마루이다.

새벽 3시, 헤드랜턴으로 길을 밝히며 산 속에 들어선다. 깜깜한 심야의 산은 고요 그 자체이다. 보이는 건 어둠뿐, 들리는 건 바람소리뿐이다. 원시적이고 본능적인 감각으로 그저 느낄 뿐이다. 행여 잠든 산짐승과 풀벌레들이 깰까 봐 발걸음도 조심스럽다. 깨달음을 찾아 묵묵히 고행의 길을 가는 수도승처럼 말없이 오를 뿐이다.

두어 시간 만에 이름 없는 봉우리에 올라선다. 잠시 걸음을 멈추고 바위에 걸터앉는다. 산 어깨 위에 걸쳐있던 달도 꼭꼭 숨었는지 보이지 않는다. 보이는 건 멀리 어둠 속에서 반짝이는 도시의 야경뿐. 아옹다옹 살아가는 도시의 소음은 온데간데없이 고요하고 평화롭다. 그 평온함이 가슴에 스며든다.

밤하늘에는 별이 총총하다. 별을 보기 위해 서둘러 헤드랜턴을 끈다. 수많은 별이 '반짝 반짝' 반짝인다. 서로 자기를 봐달라고 아우성치는 것만 같다. 별들 속에 빨려 들어가 별이 된 듯 환상 속에 빠져든다. 꿈속에서 꿈을 꾸고 있는 것은 아닌지, 황홀하고 행복하다. 윤동주의 「별 헤는 밤」이 떠오른다. 별 하나에 추억과, 별 하나에 사랑과, 쓸쓸함과, 동경과, 시와, 어머니… 시인이 된 것만 같다.

면산을 지나 구랄산에 오르자 어둠이 물러가기 시작한다. 동쪽 산마루에서 여명이 조금씩 스며들더니 멀고 가까운 산들이 시커먼 윤곽을 드러낸다. 수많은 일출을 봤지만, 오늘따라 그야말로 가경이다. 산 정상에서 바라본 일출은 망망한 수평선에서 떠오르는 일출과는 다른 장중한 멋이 있다. 솟아오르는 태양과 함께 가슴 속에서 행복이 스멀스멀 피어오른다. 일출은 산에 갈 때마다 볼 수 있는 것이 아니다. 날씨가 좋아야 하는 것은 물론이고 일출 시간에 일출을 볼 수 있는 위치에 있어야 하기 때문이다. 오늘의 행운에 감사하며, 떠오르는 태양과 인사를 주고받는다.

능선 길은 이미 가을이 깊어져 겨울을 준비하고 있다. 나무들은 단풍의 고운 추억만 간직한 채 한 잎 한 잎 잎들을 내려놓기 시작한다. 세속에 쌓인 무게를 덜어내며 내공을 다지려는지 알몸이 되어간다. 떨어진 낙엽은 최선을 다한 삶에 후회는 없다며 후일을 기약하는 듯하다.

어느새 백병산을 지나 하산 길에 들어선다. 가을은 이미 산꼭대기에서 중턱으로 곱게 내려앉았다. 원통골 중턱에는 붉게 물든 단풍이 이글이글 타고 있다. 여름 내내 푸르렀던 나무들이 저마다 색동옷으로 갈아입어 온 산이 붉게 물들었다. 그야말로 만산홍엽(滿山紅葉)!

단풍나무를 보면 스트라디바리우스(Stradivarius) 바이올린이 떠오른다. 경매에서 무려 한화 약 224억 원에 낙찰되었다는 바이올린. 이 바이올린이 세계 최고의 바이올린이 될 수 있었던 것은 단풍나무로 만들어졌기 때문만이 아니다. 자기 마음에 들지 않으면 스스로 부숴버리는 장인정신에 있었다. 그러나 위대한 장인을 만나면 시대를 풍미할 작품으로 거듭날 수도 있는 것이 눈앞의 단풍나무들이라는 생각에 절로 옷깃이 여며진다.

저만치에서 유난히 곱게 물든 단풍이 바람에 살랑거린다. 마치 가까이 오라고 손짓하는 것만 같다. 남몰래 짝사랑하다 들킨 것만 같아 내 가슴속까지 붉게 물들어간다. 단풍잎을 쓰다듬으며 중얼거린다.

"너와 나는 견우와 직녀처럼 일 년에 한 번씩 만나는 숙명을 타고났나 보다. 꽃보다 더 아름다운 너를 일 년 후에나 볼 수 있다니…"

결코 이루어질 수 없는 슬픈 사랑이지만, 행복감이 온몸을 적신다. 슬프고도 행복한 이 기분이야말로 단풍이 내게 주는 사랑이 아닐까?

마을에 이르자 마을 길을 따라 은행나무가 황금색 잎을 무수히 매단 채 도열해 있다. 그 아래에는 떨어진 은행잎이 노란 꽃 방석을 이루었다. 잠시 꽃방석에 앉아 가을을 노래하고 싶었다. 그림 같은 가을 풍경과 높고 파란 하늘, 청명한 가을 햇살은 어리석은 나조차 사색에 잠기게 한다.

완연한 가을의 정취를 온몸으로 만끽할 수 있도록 곱게 물든 단풍은 가을이 선사하는 최고의 선물이었다. 거기에 노랗게 물든 은행잎을 덤으로 받았다. 자연이 만들어낸 가장 아름다울 색, 가을을 가슴 한편에 차곡차곡 그려놓았다.

가을에 나무가 주는 가르침, 방하착의 교훈이 담겨있는 도종환 시인의 시 「단풍드는 날」이 떠오른다.

단풍 드는 날

도종환

버려야 할 것이
무엇인지를 아는 순간부터
나무는 가장 아름답게 불탄다.

제 삶의 이유였던 것
제 몸의 전부였던 것
아낌없이 버리기로 결심하면서
나무는 생의 절정에 선다.

(중략)

가장 황홀한 빛깔로
우리도 물이 드는 날

산에서의 행복-겨울

어느새 겨울의 끝자락이다. 겨울은 춥고 눈이 와야 겨울다운데, 이번 겨울은 눈조차 제대로 오지 않았다. 춥지가 않으니 논두렁 밭두렁에 벌레들이 꼬물꼬물 기어 다닌다. 소한·대한 다 지나고 입춘이 낼모레다. 이대로 봄이 오는 것은 아닌지 안타깝기만 하다.

입춘을 사흘 앞두고 드디어 눈이 왔다. 고대하던 눈이 오긴 왔으나 남부지역에만 왔다. 그곳에 가기 위해 지도를 펼쳐 들었다. 여기저기 살펴봤으나 교통편이 마땅치 않다. 설 연휴여서 산악회 일정도 없다. 가긴 가야 하는데….

문득 몇 년 전 낙동정맥 금정산 능선을 산행할 때 우측 능선에 있던 멋진 바위 봉우리가 떠오른다. 언젠가 꼭 오르리라 마음먹었던 곳이다. 부산 산우인 오 선생에게 전화했다. 눈이 쌓여있는지 물으니, 날씨가 포근하여 도심은 다 녹았지만, 산에는 아직 쌓여있을 거라 한다. 오 선생은 마침 스케줄이 없다며 눈이 있든 없든 무조건 내려오라고 한다. 내일 새벽 첫차로 내려가기로 하고, 바로 배낭을 꾸렸다.

부산역에서 오 선생의 차로 덕천동 등산로 입구로 갔다. 입구에는 '금정산 숲속둘레길' 안내판이 있고, 그곳에서 산행이 시작되었다. 넓은 둘레 길은 많은 사람이 밟고 다녀 반질반질하게 얼어붙어 미끄럽다. 눈길이 아니라 빙판길이다. 눈이라곤 응달진 곳에 희끗하게 잔설이 남아있을 뿐이다.

중턱쯤 오르자 둘레 길은 사면으로 휘어져 내려가고, 등산로는 곧장 능선으로 이어진다. 등산로는 경사가 급해지기 시작하고 눈도 제법 쌓여있다. 게다가 발자국도 많지 않다. 이렇게 좋을 수가! 설레기까지 한다. 아이젠을 착용하고 지그재그 오름길을 한동안 오르자 커다란 바위 봉우리가 앞을 가로막는다.

그 앞에 50대 부산 아지매 두 분이 선뜻 오르지 못하고 머뭇거리고 있다. 아지매의 얼굴엔 망설이는 기색이 역력하다. 등산화를 보니 아이젠조차 착용하지 않은 채이다. 아마 눈이 쌓였을 거란 생각을 못 한 듯하다. 아지매의 모습에 내가 다 불안하다. 아이젠 없이 눈 쌓인 산길을 걸을 때 오름길에서는 조심하면 되지만 내림 길에서는 조심한다고 되는 게 아니다. 사고는 '아차' 하는 순간에 일어난다. 걱정스러운 마음에 나도 모르게 한마디 툭 튀어나온다.

"웬만하면 다음에 다시 오세요."

"조심하면 안 될까요?"

"이제 시작인데 어쩌시려고요. 그러다 큰일 납니다."

결국 아지매 두 분은 발길을 되돌렸다.

바윗길을 오르는 데는 예상대로 쉽지 않았다. 잡을 곳도 없고 눈이 덮여있어 어디를 밟아야 할지 막막한 곳도 많다. 자칫 사고가 날 위험이 여기저기 도사리고 있다. '돌다리도 두들겨 보고 건너라'라는 속담처럼, 한 발 한 발 확인하며 올라간다.

그러구러 상계봉 정상에 올라선다. 찬 바람이 씽씽 불어와 앙상한 나뭇가지를 마구 흔들어 댄다. 나뭇가지 위에 살포시 내려앉은 눈이 후드득 떨어진다. 지난해 풍성했던 나무는 잎을 모두 땅으로 돌려보내고 여윈 가지를 드러낸 채 맨몸으로 찬바람을 맞고 있다. 바람이 맨살을 스치고 지나갈 때마다 고통을 참아내는지 '윙~윙' 신음 소리를 낸다. 그런 나무들이 안쓰럽기만 하다.

정상에 우뚝 솟아있는 바위는 타오르는 불꽃처럼, 하늘을 찌르는 창끝처럼 뾰족뾰족 솟아있다. 그 모습이 수탉의 벼슬을 닮았다고 하여 상계봉(上鷄峰)이라 부른다. 정상석에는 '해발 640m, 위대한 북구유산 40선'이란 글귀가 새겨져 있다.

발아래에는 굽이굽이 달려온 낙동강이 바다의 품에 안긴다. 강물은 강을 떠나 무심하게 바닷물과 한 몸이 된다. 하늘에는 흰 구름이 한가로이 노닌다. 강 건너에는 김해시 일대와 낙남 정맥 신어산 산줄기가 파노라마처럼 펼쳐져 있다. 한 폭의 수채화 같은 풍경에 눈을 뗄 수가 없다.

능선 길을 따라 나아간다. 구불구불 이어진 능선은 세상의 모든 더러움과 허물을 덮은 듯 하얗게 물들었다. 나뭇가지마다 히얀 눈이 소복이 쌓여 눈꽃을 피웠다. 목화송이보다 곱게 핀 새하얀 눈꽃은 이 세상 그 무엇보다 곱고 아름답다. 오 선생은 설경을 배경으로 사진 찍느라 여념이 없다. 여기도 저기도 시선 닿는 곳 모두 멋진 배경이 된다. 두 눈이 호사를 누리다 보니 가슴속에 저절로 행복이 스멀스멀 피어오른다.

어느새 파리봉이다. 파리봉이라니, 무슨 뜻일까? 아무리 둘러봐도 파리 한 마리 눈에 띄지 않는다. 파리 모양의 바위도, 파리똥이 덕지덕지 붙은 바위도 없다. 정상에 자리한 바위는 이렇다 할 특징 없이 그저 두루뭉술할 뿐이다. 정상석에는 "파리(玻璃)란? 불교 칠보 중의 하나로써 수정을 뜻한다."라고 새겨져 있다. 그렇다면 이 두루뭉술한 바위가 투명하게 빛나는 수정(水晶)을 닮았다는 말이 아닌가. 하산 후 멀리서 자세히 바라봐야겠다.

우리는 고당봉까지 갈 계획을 수정(修正)하여 서쪽 능선 내림길에 들어선다. 하산 길은 아무도 가지 않은 듯 발자국도 없다. 희미한 길 흔적을 따라 한 발 한 발 발자국을 찍으며 내려간다. 발목까지 쌓인 눈을 밟을 때마다 보드라운 탄력이 온몸에 전해져온다. 발밑에서 들려오는 '뽀드득~뽀드득' 소리는 발걸음까지 경쾌하게 만든다. 어쩌다 자칫 발을 잘못 디디면 종아리까지 빠져들거나 엉덩방아를 찧기도 한다. 그때마다 긴장한 탓인지 이마에 땀방울이 송글송글 맺힌다. 하지만 그게 좋다. 오히려 작은 흥분이 일고, 어린 시절로 돌아간 듯 마냥 즐겁기만 하다. 지금 이 순간만큼은 나보다 더 행복한 사람은 없을 것만 같다.

중턱 아래로 내려오자 나무에 핀 설화는 따사로운 햇빛에 녹아내리면서 투명한 보석처럼 반짝인다. 마치 멋진 크리스털 샹들리에처럼.

겨울 산의 품에 안겼다 따스한 도심으로 내려서니, 대체 내가 어딜 다녀온 건지, 꿈에서 깨어난 것만 같다. 겨울이 겨울 같지 않은 속세를 떠나 잠시 설국에 다녀온 것은 아닌지. 꿈인들 어떻고, 현실인들 어떠랴. 이게 겨울의 행복인 것을.

두 배의 행복, 나 홀로 산행

오늘따라 산행 일정이 없다. 마침 컨디션도 좋지 않다. 그냥 하루 쉴까? 하지만 그럴 수는 없다. 날씨를 핑계로 또는 피곤하다고 집에 틀어박혀 있으면 오히려 몸도 마음도 더 찌뿌듯할 뿐이다.

주왕지맥 청옥산에서 분기한 남병단맥을 찾아 길을 나섰다. 동서울터미널에서 첫 버스를 타고 평창에 이르니 오전 9시. 평창에서 산행 기점인 하안미리까지는 택시로 이동했다. 버스가 있긴 하나 하루에 고작 서너 번 운행하여 시간이 맞지 않았다. 대간이나 정맥, 지맥은 단체 산행을 하기에 산악회 버스가 산 입구까지 가지만, 단맥은 산행하는 사람이 극히 드물어 진행하는 산악회조차 없다. 어쩔 수 없이 여러 불편을 감수하고라도 개인적으로 해야만 한다.

하안미리 가평보건진료소에서 임도를 따라 산행을 시작한

다. 1시간 정도 올라가 주왕지맥 벽파령에 접속한다. 등산로에 들어 한동안 오름길을 재촉하니 청옥산 정상이다. 뱃속에서 '꼬르륵~' 배꼽시계가 울리는 걸 보니 벌써 점심때가 된 모양이다. 시계를 보니 어느새 12시가 넘었다.

혼자 밥을 먹는다는 것이 어찌 보면 처량하기만 하다. 그러나 산에서만큼은 전혀 그렇지가 않다. 배낭을 열고 샌드위치를 꺼낸다. 단체 산행을 할 때는 주로 도시락을 싸지만, 나 홀로 산행 시는 샌드위치나 빵 또는 김밥을 싸 가지고 온다. 그래야 먹기도 편하고 배낭도 가볍다. 김밥이 좋긴 한데 여름에는 금방 상해서, 겨울에는 얼어서 먹을 수가 없다. 여름과 겨울에는 김밥 대신 빵이나 샌드위치를 가지고 온다. '시장이 반찬'이라고 했던가? 샌드위치 하나에 느끼는 행복, 이런 행복을 어디서 느낀단 말인가.

청옥산에서 곧장 뻗은 능선은 주왕지맥이다. 그 길은 2년 전에 갔었다. 우측으로 분기해 나간 산줄기가 남병단맥이므로 그 능선으로 가야 하는데, 숲이 우거져 길이 보이지 않는다. 한발 한발 나아가지만 날카로운 잡목과 가시덤불이 자꾸만 발목과 옷깃을 잡아당긴다. 여차하면 물어뜯고 할퀴겠다는 듯 이빨을 드러내고 손톱을 세우고 있는 것만 같다. 걸음은 더디기만 하지만, 스틱으로 헤치며 조심스레 나아가는 수밖에 다른 방법이 없다. 하긴 애초부터 산속에 길이 있었던 건 아니다. 한 사람이 가고 또 한 사람이 가면 그게 길이 되는 것이라고 하지 않던가.

1시간 정도 사투를 벌인 끝에 1,156봉에 올라선다. 사방팔방 뻥 뚫려 시야가 탁 트이는 게 가슴속까지 시원하다. 하늘을 보니 지쳐있는 내 마음은 아랑곳도 하지 않고 솜사탕 같이 하얀 조각구름이 멈춰있는 듯 소리 없이 흐른다. 좌측에는 주왕지맥 산줄기가 용 등줄기처럼 꿈틀대고, 앞에는 가야 할 남병산이 먼발치에 봉긋 솟아있다.

배낭을 내리고 땀을 훔치며 물 한 모금 마신다. 혼자 왔으니 쉬고 싶으면 쉬고 가고 싶으면 간다. 빨리 가자고 보채는 사람이 없으니 서두를 일도 없다. 앞서가는 사람이 없으니 뒤처질까 걱정할 필요도 없다. 함께 온 사람이 없으니 다른 사람들의 행동이나 말에 신경 쓸 일도 없다. 그저 마음 가는 대로 몸이 따라가기만 하면 된다.

쉼을 마치고 길을 이어간다. 다행히 더 이상 잡목과 가시덤불은 없다. 희미한 길이지만 그냥 걷기만 하면 된다. 이렇게 좋을 수가! 걸을 수 있는 길만 있어도 이같이 좋은데, 누가 이 맛을 알까? 오로지 길 없는 길을 걸어본 사람만이 맛볼 수 있는 행복이 아닐까?

기러기재에 내려서고 한동안 치고 오르니 남병산 정상이다. 산세가 남쪽을 향하여 병풍을 친듯하다는 남병산(南屛山). 첩첩으로 이어진 산줄기와 그 아래 굽이쳐 흐르는 평창강. 대자연의 파노라마에 압도되어 넋을 잃고 한참을 바라본다. 이 세상 부러울 것도 없고 더 이상 바랄 것도 없다. 복잡한 인간사 걱정거리도 모두 사라진다. 무념무상에 빠져든 이 시간이 행복할 뿐이다.

룰루랄라 콧노래를 부르며 내림 길에 들어선다. 얼마쯤 갔을까, 멧돼지가 진흙 목욕한 웅덩이가 나타난다. 그 옆에 있는 나무는 멧돼지가 몸을 비빈 듯 껍질이 벗겨져 반들댄다. 혹시나 하고 주위를 '쓱~' 훑어보았으나 다행히 멧돼지는 보이지 않는다. 한숨 돌리고 두어 걸음 내디뎠을까, '부스럭~' 소리가 나더니 고라니 한 마리가 팔딱팔딱 뛰어 금세 눈앞에서 사라진다. 겁 많은 고라니가 인기척에 소스라치게 놀란 듯하다. 나도 놀랐지만 고라니는 얼마나 놀랐을까? 고라니야, 너의 평온함 속에 뛰어들어 미안하구나. 하지만 어쩌겠니.

소나무 숲에 이르러 잠시 쉬어간다. 피톤치드를 머금은 공기가 온몸을 감싸듯 스며들어 기분까지 상쾌하다. 피톤치드라는 것은 식물이 각종 병원균이나 해충으로부터 자신을 보호하기 위해 내뿜는 항균물질이 아니던가. 이게 오히려 사람에게는 기분이 상쾌해지고 심신이 안정되는 효과를 가져다준다. 피톤치드야말로 숲이 사람에게 주는 최고의 선물이라고 할 수 있겠다.

내친김에 잠시 눈을 감아본다. 천차만별의 소리가 사방에서 들려온다. 새 울음소리가 들려오고 바람이 나뭇잎 스치는 소리도 들려온다. 나뭇잎 떨어지는 소리, 떨어진 나뭇잎이 굴러가는 소리, 솔방울이 툭하고 떨어지는 소리, 온갖 것이 저마다의 소리로 노래한다. 마치 산이 살아 숨 쉬며 꿈틀대고 있는 것만 같다. 단체 산행에서는 결코 느낄 수 없는 맛이다.

무사히 산행이 마무리되었다. 안도감에 마음이 편안해진다. 사실 나 홀로 산에 갈 때 가장 염려되는 것이 사고이기에, 마무리하는 순간까지 긴장의 끈을 놓을 수 없다. 그러나 어차피 홀로 가야 할 길이 아니던가. '범 무서워 산에 못갈까'라는 속담처럼, 사고가 두려워 산에 가지 않을 수는 없다. 어쩌면 우리네 삶도 이와 같지 않을까. 오직 혼자 가야만 하는 삶의 길.

돌아오는 버스에 오르자 달콤한 피로가 몰려온다. 의자 등받이를 뒤로 비스듬히 눕히고 살며시 눈을 붙인다.

문득 언젠가 공감하며 읽었던 책속의 글귀 한 토막이 떠오른다. 영국의 수필가 웰리엄 헤즐릿(William Hazlitt)이 쓴 〈길을 떠나며〉에 나와 있는 말이다.

"세상에서 제일 기분 좋은 일 가운데 하나는 길을 떠나는 것인데, 나로 말하자면 혼자 떠나는 것을 좋아한다. 자연이라는 책을 읽는 내내 다른 사람들을 위해 그 책의 의미를 번역하지 않아도 되기 때문이다."

발걸음이 어디를 향하든

"걷기의 종류는 수도 없이 많다. 사막에서는 똑바로 나가고, 덤불 사이는 구불구불 헤집고 나간다. 바위가 많은 산등성이와 너덜겅에서는 불규칙하게 춤추게 되고, 언제나 흔들리는 걸음이 된다. 기민한 시선은 정면을 주시하고 발을 디딜 곳을 찾는 동시에 다음 발을 디딜 곳을 찾는다. 산은 산으로 이어진다."

이 글은 미국의 시인이자 환경운동가인 게리 스나이더(Gary Snyder)의 산문집 『야생의 실천』의 한 대목이다. 나는 이 글을 읽다 깜짝 놀라 읽고 또 읽었다. 어쩜 이렇게 내가 산길을 걸을 때와 똑같은지, 그 모습 그대로 옮겨놓은 것만 같다.

사람이 첫걸음을 떼는 과정은 누구나 마찬가지이다. 누가 시키지 않아도 아기는 자꾸 일어서려 한다. 두 발로 서는 것조차 힘들어 주저앉고는 하다가, 돌 무렵의 어느 날 용감한 첫발을 떼고야 만다. 한 발짝씩 뒤뚱거리며 걷다 주저앉고 또다시 일어나 한 발짝씩 걷는다. 그렇게 한 걸음 또 한 걸음이 이어지면서 마침내 두 발로 걷는다.

나 역시 그런 지난한 과정을 거쳐 걸음을 배웠을 게 틀림없다. 그러나 내가 기억하는 본격적인 걷기가 시작된 건 초등학교에 들어가면서부터이다. 중학교를 거쳐 고등학교를 졸업할 때까지 읍내에 있는 학교에 가기 위해 하루 왕복 20여 리를 꼬박 걸어 다녔다. 걷고 싶어서 걸은 게 아니라 어쩔 수 없이 걸었다. 한 시간에 한 번씩 버스가 다녔으나 탈 생각조차 하지 않았다. 나보다 더 먼 곳에 사는 애들도 모두 걸어 다니던 시절이었다.

나는 어려서부터 진득하게 집에 있지 못했다. 팔자에 역마살이 끼었는지 틈만 나면 여기저기 돌아다니는 것을 좋아했다. 중고등학교 때는 네 명이 늘 붙어 다녀 '4인방'으로 불리던 단짝 친구들과 온양온천, 장항, 속리산, 계룡산, 수덕사, 녹도 등으로 배낭 하나 둘러메고 훌쩍 떠났다가 돌아오곤 했다.

그 시절 추억 속의 한 장면을 꺼내 본다. 고등학교 1학년 여름방학, 타는 듯이 무더운 8월의 어느 날이다. 무작정 길을 나섰다가 북상하는 태풍을 만나 비를 흠뻑 맞으며 걸었다. 속옷까지 비에 젖어 질퍼덕거렸으나 오히려 시원해서 좋았다. 그러나 밤이 되니 사정은 달라졌다. 벌벌 떨리도록 추웠다. 갈아입을 옷조차 챙기지 않아 어쩔 수 없었다. 그날 밤, 천안의 어느 낡은 초가집 사랑마루에서 하룻밤을 보내려니 모기가 '윙~윙' 대며 달려들었다. 마당에 쌓여있는 짚더미와 마루 밑에서는 쥐들이 '찍~찍'대며 돌아다녔다. 잠들 만하면 들려오는 '컹~컹'대는 개 짖는 소리, 빗속을 뚫고 지나가는 자동차의 '싸악~싸악'대는 소리는 왜 그리 크게 들리는지, 도통 잠을 이룰 수가 없었다. 추위에 떨며 뜬눈으로 밤을 지새운 그 밤. 이젠 그 밤이 아름다운 추억이 되었다.

성인이 되어서는 걷기만으로는 만족하지 못해 달리기를 했다. 마라톤에 푹 빠져 2012년 춘천마라톤대회에 참가했다. 마라톤은 분명 달리는 즐거움이 있었다. 걷기와는 또 다른, 강렬한 쾌감이 있었다. 그러나 그만큼 위험도 컸다. 무릎 연골이 손상되기라도 하면, 달리기는 고사하고 걷기마저 버거워질지 염려되었다. 고심 끝에 달리기를 멈추었다. 걷는 즐거움을 오래 누리기 위해 달리는 즐거움을 포기했다.

그 후로는 걷기만 한다. 주중에는 러닝머신 위에서 걷고, 주말이면 야외에서 걷는다. 걷는 게 그냥 좋아, 틈만 나면 걷는다. 한 시간도 좋고 두 시간도 좋다. 아무 생각 없이, 아무런 목적 없이 그저 걷는다.

걷는 것 중에 산길 걷는 것을 가장 좋아한다. 산에 들어서면 상쾌한 숲의 향기에 취할 수 있는 게 덤으로 따라온다. 땀을 뻘뻘 흘리며 능선에 올라 청량한 산바람을 온몸으로 맞는 기분. 사방으로 탁 트인 산정에 올라섰을 때 밀려드는 희열과 행복감은 말로 다 표현할 수가 없다. 그 맛에 중독이 되어서인지 수시로 산길을 걷는다.

누군가 나에게 '무엇을 할 때 행복한가?'라고 물으면, 나는 망설임 없이 '걸을 때'라고 대답한다. 왜냐하면, 걷기만 하면 찌뿌듯한 몸과 마음이 상쾌하게 바뀌고, 복잡하고 무겁던 머릿속이 단순해지고 가벼워지니까. 긴 가뭄 끝에 단비가 내려 시들어가던 풀잎이 생기를 되찾는 것처럼, 소진된 삶의 에너지가 충전되며 온몸에 활기가 차오르니까. 행복 호르몬인 엔도르핀이 분비되는지 쌓였던 스트레스까지 언제 그랬나 싶게 흔적도 없이 사라지니까.

어디 그뿐인가. 걷다 보면 일상에 찌든 속된 마음과 잡스러운 생각이 사라지고, 당치도 않은 허욕이 슬그머니 자취를 감춘다. 머릿속에 들러붙어 끈적이던 것들에 대하여 생각할 수 있고, 생각하다 보면 헝클어진 실타래가 풀리는 것처럼 술술 풀리고는 한다. 만약 나에게 걷기의 즐거움이 없었더라면 아마 삶의 의미도 반감되었을 것이다.

사람의 정신은 시간당 5㎞의 속도로 걸을 때 가장 활발하게 움직이며, 걷기는 자극과 휴식, 노력과 게으름 사이의 정확한 균형을 제공한다고 한다. 그래서일까? 루소도 소크라테스도 니체도 칸트도 걷기를 즐겨 했다. 루소는 〈고백록〉에서 이렇게 말했다.

"혼자서 두 발로 걸을 때만큼 이렇게 생각하고, 이렇게 존재하고, 이렇게 살아있고, 이렇게 나 자신이었던 적이 없다.… 내 걸음이 멈추면 내 생각도 멈춘다. 내 두 발이 움직여야 내 머리가 움직인다."

고개가 끄덕여진다. 그렇다고 내가 이 철학자들을 흉내 내려고 걷는 것은 아니다. 그냥 걷는 게 좋아서 걷는다.

다만 세상은 학창 시절 내가 걷던 때와는 사뭇 달라졌다. 그 시절에는 자동차와 대중교통이 발달하지 않아 웬만한 거리는 걸어 다닐 수밖에 없었다. 지금은 산간벽지까지 길이 잘 뚫려 있고 대중교통이 발달했으며, 집집마다 자동차가 있고 건물마다 에스컬레이터나 엘리베이터가 있다. 몸을 맡기기만 하면 걷지 않아도 원하는 곳 어디든 갈 수 있으니, 걸어야 할 필요성이 거의 사라졌다. 이제 의도적으로 걷지 않으면 걸을 일이 없는 세상이 되었다.

그러나 나에게 걷기는 밥을 먹는 일, 잠을 자는 일, 숨을 쉬는 일과 마찬가지로 내 삶의 일부가 되었다. 단 하루라도 걷지 않은 채 방구석에만 처박혀있으면 왠지 몸과 마음에 녹이 슬어버릴 것만 같다.

걷기는 살아있는 한 계속할 것이다. 배낭을 짊어질 힘이 남아있는 한, 걸을 수 있는 한, 걸을 것이다. 산길을 걷든, 들길을 걷든, 공원을 산책하든, 도시를 배회하든 걸을 것이다. 발걸음이 어디를 향하든.

거기 뭐가 있기에

산은 그를 기쁘게 받아주었고, 다시 우리에게 돌려보내주지 않았다. 또 누가 산을 향해 작고 무거운 걸음을 놓을 것인가.

지난 2018년 10월, 네팔 히말라야 다울라기리봉 산군 구르자 히말에 돌풍이 불어 닥쳤다. 해발 3,500m 지점에 설치한 베이스캠프에 눈사태가 덮쳤다. 캠프에 있던 9명 전원이 손쓸 사이도 없이 순식간에 날아갔다. 그들은 반경 1㎞까지 날아가 뿔뿔이 흩어져 사망한 채 발견되었다. 사망한 9명 중 5명은 김창호 대장을 비롯한 우리나라 산악인이고 4명은 현지 셰르파, 포터 등이다.

김창호 대장은 등반에 앞서 안전을 최우선으로 철저하게 준비하는 산악인으로 알려져 있다. 좌우명이 '집에서 집으로(from home to home)'인 것만 봐도 얼마나 안전을 중시하는지 알 수 있다. 그런 그도 불가항력으로 닥친 자연재해에는 속수무책으로 당할 수밖에 없었다. 그가 베이스캠프를 설치한 지점은 누가 봐도 안전지대이다. 누구인들 그 지점에서 사고가 나리라고 생각이나 했겠는가. 산악인들은 이구동성으로 믿을 수 없는, 거짓말 같은 일이 일어났다고 한다.

김창호 대장은 2013년 히말라야 8,000미터 급 14좌를 완등했다. 더욱이 한국인 최초로 14좌 모두를 무산소 등정에 성공하여 산악계에 큰 족적을 남겼다. 그러나 그 기록에 만족하지 않고 늘 새로운 도전에 나섰다.

고산들이 모두, 거듭 정복되고 각종 기록이 수립된 1990년대 말부터 산악계의 흐름이 달라지기 시작했다. 기존 등정주의에서 벗어나 개척등반이나 거벽등반을 추구하는 등로주의가 각광받기 시작한 것이다. 등정주의는 정해진 루트로 정상에 오르는 방식이고 등로주의는 새로운 루트를 찾아 난관을 극복하며 정상에 오르는 방식이다. 말하자면 등정주의는 결과를 중요시하는 등반 방식이고 등로주의는 결과보다는 과정을 중요시하는 등반 방식이다.

김창호 대장도 이 흐름을 거부하지 않았다. 아무도 가지 않은 새로운 루트를 개척해 '코리안 웨이'로 이름 붙이는 것을 목표로 삼았다. 2017년에는 인도 다람수라(6,466m)와 답수라(6,451m)에 신 루트를 개척하여 '코리안 웨이'로 이름 붙였다. 사고가 있었던 이번 등반 또한 구르자히말(7,193m) 남벽 신 루트 개척에 나선 길이었다.

비단 김창호 대장뿐이 아니다. 산사나이 중의 산사나이로 불리던 박영석 대장도 그랬다. 2005년 히말라야 8,000미터 급 14좌, 세계7대륙 최고봉, 3극점을 완등하여 세계 최초로 산악 그랜드슬램을 달성한 이가 박영석 대장이다. 그런 그가 2011년 안나푸르나 남벽에서 신 루트를 개척하다 눈사태를 당하여 실종되었다. 지금도 2명의 대원과 함께 만년설 속 어딘가에 잠들어있다.

산악 사고의 원인으로는 예기치 못한 기상변화에 따른 조난이 가장 많다. 폭설, 폭우, 강풍, 낙석, 눈사태 등 자연재해와 기온 저하에 따른 저체온증, 희박한 산소에 의한 고산증, 탈진 등으로 사고가 일어난다. 산을 모르는 사람들에겐 너무나 당연한 말처럼 들릴지도 모르겠다. 각종 위험을 무릅쓰고 고산에 오르는 사람들이 오히려 어리석어 보일지도. 그러나 산의 아름다움을 아는 사람에겐 그리 간단한 문제가 아니다. 그토록 순수하고 위대한 대자연의 아름다움 뒤에 그토록 혹독한 위험이 도사리고 있다는 것. 그 자체로 자연의 신비이며, 그 신비를 목숨 걸고 쫓는 것이 바로 인간의 작은 위대함이 아닌가도 싶다.

고산에 가면 사고 또는 그 흔적과 맞닥뜨리는 경우가 많다. 언젠가 에베레스트에 갔을 때이다. 루크라 경비행장에 내려서자 가장 먼저 눈에 띄는 것은 실종된 산악인을 찾는다는 벽보였다. 그 옆에 구급 헬기가 굉음을 내며 수시로 이착륙하고 있다. 그것을 보고는 두려움이 일지 않을 수 없었고 마음까지 뒤숭숭했다.

딩보체를 지나면 돌탑과 마주하게 된다. 에베레스트에서 생사를 달리한 산악인을 추모하는 돌탑이다. 추모 돌탑이 한둘이 아니라 150여 개나 있다. 그중 우리나라 충남고 OB산악회 송원빈 님의 돌탑도 있다. 그들의 넋이 에베레스트를 떠나지 못하고 바람에 맴도는듯하여 저절로 숙연해지고 좀처럼 발걸음이 떨어지지 않았다. 이러한 추모 돌탑은 고산마다 있다.

해발 3,000m 이상에 오르면 누구나 고산증세가 나타난다. 희박한 산소 때문이다. 두통, 메스꺼움, 소화 장애, 설사, 구토, 불면 등 가벼운 증세부터 호흡곤란, 무력감까지 온다. 심하면 뇌부종이나 폐부종으로 사망에 이른다.

고산증세로 등정을 포기하는 일은 비일비재하다. 함께 갔던 대원중에도 스스로 중도 포기한 대원은 여러 명이고 탈진하여 헬기로 하산한 대원도 있다. 티베트 쓰구냥산에 갔을 때이다. 해발 4,300m 지점에 베이스캠프를 설치했다. 등정을 하루 앞두고 젊고 건장한 대원이 밤새 헛소리를 지껄였다. 뇌세포가 죽어가기 시작한 것이다.

해발 5,000m 이상은 생명한계선이라 한다. 죽음의 지대 즉 '데드 존(death zone)'이라고도 한다. 산소 부족으로 뇌세포를 잃기 시작하니, 몸뿐 아니라 영혼의 죽음도 시작되는 곳이다. 생물체가 자취를 감추고 오로지 하늘 아래 앙상한 세상이 있을 뿐이다.

현재까지 고산에 오르다 영원히 살아서 내려오지 못한 사람들이 1,000명이 넘는다. 그중 절반 이상이 시신 회수가 불가능하여 사망한 그 자리에 동결된 상태로 잠들어있다. 참으로 많은 산악인이 산의 품에서 스러져 다시는 가족의 곁으로 돌아오지 못했다. 그들은 가장 순수하고 뜨거운 행복을 좇아 목숨을 걸었다. 그리고 마침내 자기 몫으로 정해진 운명과 마주한 것이다. 가장 넓고도 엄혹한 산의 품에서, 뜨거운 하나의 작은 생명으로 스러져간 것이다.

나 역시 무시무시한 고도가 가져다주는 죽음의 공포를 체감하곤 했다. 고산에 갈 때마다 고산증세에 시달려야 하고 체중이 삼사 킬로는 줄어든다. 목숨이 담보되는 것도 아니다. 극한 상황에 맞닥뜨려 삶과 죽음이 한순간에 교차될 수도 있다. 고산에 오른다고 누가 알아주는 것도 아니다. 물질적인 보상이 따르는 것은 더욱 아니다. 그럼에도 불구하고 고산에 오르는 이유는 무엇인가? 거기 뭐가 있기에? 누군가 나에게 물으면, 나는 이같이 답을 한다.

"천신만고 끝에 정상에 오르면, 그 성취감과 희열에 온몸이 뜨거워진다. 잠자고 있던 온몸의 세포가 살아나고 나 자신이 살아있음을 느낀다. 그리고 행복하다. 이 세상 무엇과도 바꿀 수 없는, 행복이 거기 있기에!(Because happiness is there!)"

두려움과 존경심을 품고 그들의 발자취를 감히 바라본다. 세속을 벗어나 정상을 향했던 그 한 줄의 긴 발자국을….

청명에 만난 겨울

여기저기서 봄소식이 들려오고 꽃 축제가 한창이다. 전남 강진과 해남에 걸쳐있는 덕룡산과 주작산에도 진달래가 활짝 피었다는 소식이다. 해마다 4월이면 어느 산이나 진달래는 피지만, 덕룡산과 주작산은 다른 산과는 사뭇 다르게 절경이라는 것이다. 그 절경을 보고 봄의 향기에 취하고 싶어 길을 나섰다.

산악회 버스가 산행 시작 지점인 소석문에 이르자, 버스 앞쪽에서 자못 들뜬 목소리가 들려온다.

"이게 웬일이야. 눈이 오네. 4월에 남해안에 눈이 오는 것은 처음 본다."

눈이라니? 무슨 뚱딴지같은 말인가 생각하며 버스에서 내리니, 아니나 다를까 눈발이 휘날리고 있다. 엊그저께가 청명이고 봄기운이 이토록 완연한데 겨울을 다시 만난 것이다. 봄의 향기보다 지난 겨울을 다시 만났다는 기쁨에 온몸에 작은 홍

분이 일고 가슴이 두근대기 시작한다.

이른 새벽, 헤드랜턴 불빛으로 길을 밝히며 눈꽃이 내려앉은 새하얀 겨울 속으로 들어선다. 능선에 오르자 바람 소리가 꽤 요란하다. 겨울을 다시 만난 나뭇가지들이 온몸을 흔들며 '씨잉~씽' 댄다. 한동안 나아가다 보니 커다란 바위 봉우리가 앞을 가로막는다. 바위 봉우리를 넘어야 하는데 미끄러워 걱정이 앞선다. 강원 지역에 갈 때는 4월 말까지 눈이 오는 경우가 종종 있기에 아이젠을 가지고 다녔으나, 이곳 남해안에 오면서는 아무 준비도 하지 않았다. 눈이 오리라고는 생각조차 하지 않았고 눈이나 비가 온다는 예보도 없었다.

조심조심 한발 한발 나아가 사방팔방 막힘이 없는 덕룡산 동봉에 올라선다. 바람에 날려 온 싸락눈이 얼굴을 때려 눈뜨기조차 힘들다. 어렵게 인증샷 한 컷 남기고 서둘러 길을 이어간다. 뒤돌아보니 뒤따라오는 사람들의 헤드랜턴 불빛이 길게 이어져, 반짝이며 꿈틀대는 것이 마치 반딧불을 보는 듯하다.

한 구비 내리 올라 서봉에 이르자 날이 밝아온다. 눈앞에 하얀 눈을 뒤집어쓴 채 창끝처럼 날카롭게 솟구친 바위 능선이 구불구불 끝없이 이어져 있다. 그 모습은 설악산 공룡능선이나 용아장릉과 견주어도 전혀 뒤지지 않는다. 바람에 모자가 들썩이고 추위에 손을 비비면서도 이곳에서 만나는 겨울이 반갑기만 하다.

주작산에 오를 즈음에야 눈발도 그친다. 주작산은 이곳에서 가장 높은 봉우리이다. 그래봐야 해발 475m에 불과하지만 제법 거친 산세와 주변 풍광에 해발 1,000m 이상의 산에 온 듯 착각에 빠져든다.

바위들 사이사이와 능선에는 연분홍 진달래와 빨간 동백꽃이 줄지어 피어있다. 꽃 위에는 또 하나의 꽃, 하얀 눈꽃이 몽실몽실 피어있다. 바위틈을 비집고 피어난 꽃도 아름답지만, 꽃 위에 핀 꽃이라니. 눈바람을 견뎌내지 못한 여린 꽃잎은 그 아래에 떨어져 꽃방석을 만들었다. 이를 절경이라 하지 않으면 무엇을 절경이라 하랴. 그림같이 아름다운 모습에 저절로 탄성이 터져 나온다.

하지만 떨어진 꽃잎은 왠지 처연한 슬픔이 짙게 배어있는 듯하다. 겨우내 눈보라와 추위를 이겨내고 봄을 맞아 꽃을 활짝 피웠을 터인데, 예기치 않은 시련을 만나고 말았다. 단 한 번, 찬란하게 꽃피울 시간이 너무나 짧았던 건 아닐까? 애처롭고 안타깝다. 문득, 사람 사는 것도 이와 마찬가지일 거란 생각이 스쳐 지나간다. 속절없는 아쉬움을 두고 일찍 떠나가는 사람의 뒷모습을 보는 듯하다. 박수칠 때 떠나라고는 하지만, 너무 큰 아픔은 싫다.

임도가 지나는 작천소령에 내려서니 삼각대 위에 커다란 카메라를 설치해놓고 사진을 찍는 사람들이 여기저기 웅크리고 있다. 봄에 만난 겨울을 담고 있는 걸까, 그 모습이 마냥 행복해 보인다. 그들은 사진을 찍으며 행복해하고 나는 산길을 걸으며 행복해한다.

주작의 머리 부분에 해당하는 남주작산에 다녀오기 위해 왼쪽 길로 들어선다. 남주작산 가는 능선 길은 주작의 목덜미에 해당한다. 그래서 그런지 부드럽고 평탄하다. 그러고 보니 오늘 산행은 주작의 좌측 날개로 올라와 목덜미를 타고 머리에 다녀와 우측 날개로 하산하는 것이다. 잠시 눈을 감아본다. 날개를 활짝 펴고 비상하며 우리나라 남해를 지키는 주작의 모습이 보이는 듯하다.

어느덧 시장기가 돈다. 시간을 보니 9시이다. 지난밤 휴게소에서 라면 한 그릇 먹고 아무것도 먹지 못했다. 마침 눈발도 날리지 않고 햇살도 따스하다. 작은 공터에 둘러앉아 몇 수저 뜨자 갑자기 눈이 내린다. 싸락눈이 아닌 함박눈이 펑펑 내린다. 순식간에 밥으로 반찬으로 눈이 들어가 쌓인다. 어쩔 수 없이 눈에 밥을 비벼 먹었다.

서둘러 아침을 먹고 길을 이어간다. 또다시 바위 능선의 오르내림이 계속된다. 어느새 겨울에서 다시 봄으로 돌아와 있다. 가까이 남해가 시원스레 펼쳐져 있고 잔잔한 수면이 햇빛을 받아 보석처럼 반짝인다. 바다와 맞닿은 하늘은 어느 때보다도 푸르다. 해풍을 타고 날아온 향긋한 바다 내음이 코끝을 스친다. 바람까지 잦아들고 적당히 기분 좋은 봄 햇살이 더없이 좋다.

오소재에 이르러 산행을 마무리한다. 산행을 마친 사람들의 엉덩이에는 흙이 묻지 않은 사람이 없다. 극도의 긴장감 속에 바위 능선을 오르내리며 미끄러지고 주저앉은 흔적이다.

몸은 피곤했으나 마음은 날아갈 것만 같다. 봄기운이 완연한 청명에 봄과 겨울의 정취를 동시에 만날 수 있었던 것은 분명 행운이었고 행복이었다.

불운과 행운 사이 어디쯤에

　사람은 누구나 행복하게 살아가기를 원한다. 나도 그렇다. 그런데 행복이란 뭘까? 사전을 찾아봤다. '생활에서 충분한 만족과 기쁨을 느끼어 흐뭇함. 또는 그러한 상태'를 행복이라 한다. 그렇다면….

　사람들이 행복하다고 느낄 때는 언제일까? 누군가는 돈이 많을수록, 누군가는 명예나 권력이 클수록 더 행복하다고 한다. 나도 한때는 그런 줄만 알았다. 그래서 먼 그날을 위해 열심히 일하고 저축하며 앞만 보고 살아왔다. 그런데 살아보니 꼭 그런 것만은 아니었다. 내가 느끼는 행복은 오히려 그런 것과는 거리가 멀었다.

　2019년이 저물어갈 무렵, 난데없이 등장한 코로나바이러스에 우리의 일상은 순식간에 마비되었다. 바이러스 감염을 피하기 위해 사람이 사람을 피해야 하는 웃지 못할 상황에 내몰렸다. 동창회도 산악회도 친목회도, 카페도 식당도 목욕탕도, 사람이 모이는 곳은 어디든 갈 수 없었다. 거리를 좁히며 살던 것을 미덕으로 삼고 살다가 갑자기 거리를 두며 살게 되니, 일상의 흐름이 뚝 끊긴 채 모든 게 뒤죽박죽이 되었다. 당연하게 누렸던 지인들과의 밥 한 끼, 차 한 잔의 소소한 일상이 무너져 내렸다.

그제야 행복이 무엇이었는지 알아차렸다. 가고 싶은 곳에 갈 수 있는, 먹고 싶은 걸 먹을 수 있는, 보고 싶은 사람을 볼 수 있는, 별것 아닌 것들이 행복이라는 걸 깨달았다. 행복은 멀리 있지도 않고 거창하지도 않다는 사실을 아이러니하게 코로나바이러스가 깨우쳐줬다. 행복한 생각을 하면 불행도 행복으로 바뀐다는, 모든 것은 오직 마음먹기 나름이라는 사실을 깨달았다. 왈, 일체유심조(一切唯心造)!

또한 보는 사람의 위치와 거리에 따라 사물은 달라 보인다는 것도 깨달았다. 가까이 보던 사람들을 거리를 두고 바라보니 보이지 않던 모습을 볼 수 있었다. 사랑하는 사람에게서 사랑스러운 모습이 사라지기도 하고, 그저 그런 사람에게서 좋은 모습을 발견하기도 한다. 산도 그렇다. 보는 위치에 따라 산은 그 모습을 바꾼다. 가까이 들어서면 꽃이 피고 새가 우는 정겨운 모습이지만 멀리서 바라보면 웅장하고 압도적인 본연의 모습이 보인다.

별수 없이 삼식이가 된 나는 먹고 또 먹고, 먹고 자고 배설하는 게 일이다. 요즘 텔레비전을 보면 '먹방'이 대세다. 그중 '뚱4'가 맛집을 찾아다니는 프로를 보면, '뚱4'는 누가 더 많이 먹는지 어떻게 먹어야 살이 찌는지, 그 방법을 가르쳐주는 것처럼 입안에 음식을 가득 넣고 우적대다 씹지도 않고 삼킨다. 나는 그게 또 재미있다고 손뼉을 치며 본다.

세상 사람 누구나 먹는 것으로부터 자유로울 수는 없다. 살아가려면 먹어야만 하는데, 먹는 행위에 대한 사람들의 마음가짐은 제각각이다. 누군가는 먹기 위해 사는 듯 탐닉한다. 그런가 하면 먹는 일에 큰 의미를 두지 않고 사는 사람도 있다. 한가지 분명한 것은 즐겁게 먹는 사람이 적어도 먹는 순간만큼은 더 행복하다는 점이다.

그렇다면 나는 어디서 무엇을 먹을 때 즐거울까? 아무리 생각해봐도 나는 산에서 먹을 때가 가장 즐겁다. 산에 무슨 대단한 음식이 있겠냐만, 산행 중 자그마한 공터에 둘러앉아 각자 가지고 온 도시락을 펼쳐놓으면 웬만한 뷔페 못지않게 푸짐하다. 육해공 각종 육류는 물론 온갖 채소류와 제철 과일 등 없는 게 없이 쏟아져 나온다. 진수성찬이 따로 없고 산해진미가 부럽지 않다. 맛은 또 어떠한가. 임금님 수라상인들 값비싼 요리인들 이보다 더 맛있을까 싶다. 같은 음식을 먹어도 맛이 다르다. 하긴 산에서는 손가락만 빨아도 그 맛이 다르다고 하지 않던가. 그렇다고 '먹으러' 산에 가는 것은 절대 아니다. 오해하지 마시라. 이런 행복이 기약도 없이 멈춰 섰다. 언제 다시 그날이 오려는지 모르겠다.

평소에 나는 진수성찬을 차려놓고 먹지는 않는다. 미식가가 아니어서 소문난 맛집을 찾아다니지도 않는다. 끼니를 거르지 않고 하루 세 끼 챙겨 먹으면 그것으로 만족한다. 음식을 먹으며 '아, 맛있다!'라는 말이 입속에 맴돌면 그거로 흡족하다. 입맛도 전혀 까다롭지 않아서 분식과 기름기 많은 음식 외에는 가리는 음식도 거의 없다. 그러다 보니 평생 반찬타령 한번 하지 않고 살았다.

반찬타령을 하지 않은 데는 아내의 손맛 때문이기도 하다. 아내는 어느 때나 입에 맞는 음식을 뚝딱 차려놓는다. 대단한 음식을 만들어서가 아니라 된장찌개 하나를 끓여도 입맛이 당긴다. 아들과 며느리도 사 먹는 음식보다 제 엄마가 해주는 밥이 맛있다고 좀처럼 외식하자 소리를 하지 않는다. 아내는 간혹 힘들다고 투정을 부리기도 하지만, 다행히 음식을 직접 만들어 먹이는 게 행복하다는 눈치이다.

코로나로 인해 산에서의 꿀맛 같은 도시락을 먹을 수 없는 불운. 그리고 손맛 좋은 아내의 밥상을 먹는 행운. 그 불운과 행운 사이 어디쯤에 나의 행복이 있으리라.

3부

사랑의 능선

구도의 길, 사랑의 길

백두대간 태백산과 소백산 사이인 양백지간에 있는 갈곶산에서 남쪽으로 분기하여 뻗어 내린 산줄기에 봉황산이 있다. 그 봉황산에 상서로움을 상징하는 전설 속의 새, 봉황새가 날아와 품고 있는 천하명당이 바로 부석사이다. 의상대사와 선묘낭자의 애틋한 사랑 이야기가 전해 내려오는 부석사. 그 역사 속으로 시간을 거슬러 올라가 시간여행을 한다.

시간여행은 서울대 국토문제연구소와 조선뉴스프레스, 월간산(山)이 공동 주최한 '산과 문화를 논하다' 프로그램의 일환이다. 강의를 맡았던 조용헌 동양학박사와 동행한다.

조용헌 박사는 조선일보에 1,000회 이상 칼럼을 쓰고 있다. 그의 칼럼을 읽어보면 간단명료하면서도 깊이가 있다. 방외지사, 고수기행, 명문가 이야기 등 저서도 많다. 그는 강의 시 사주팔자에 대하여 썰을 풀었다.

"사람은 팔자대로 산다. 팔자는 태어날 때부터 정해져 있다. 팔자를 통째로 바꿀 수는 없지만, 어느 정도는 바꿀 수 있다. 그 방법은 적선(積善)이다. 적선이란 다른 사람이 자기에게 우호적인 감정을 갖도록 하는 이치와 같다."

그의 말을 곰곰이 생각해봤다. 사람은 누구나 저마다의 길이 있다. 그 길은 자기에게 주어진 길일 수도 있고 자기가 만들어가는 길일 수도 있다, 라는 생각이 일었다.

1,300여 년 전의 신라시대로 들어가려니 날씨마저 신비롭다. 그때의 역사를 눈으로 보지 말고 마음으로 보라는 듯 안개가 자욱하다. 부석사 일주문 앞에는 환영 나온 사람들이 연도에 도열하듯 은행나무가 좌우로 죽 늘어서 있다. 나목이 된 나무 아래에는 떨어진 은행잎이 그림처럼 깔려있다. 수북이 쌓여 있는 것이 마치 신라 이래의 시간이 고여 있는 것만 같다.

조 박사가 부석사에 관한 이야기를 들려준다. 부석사는 신라 문무왕 16년(676년)에 의상대사가 세운 화엄종 사찰이며, 이곳에는 3개의 세계가 존재한다. 속세의 세계, 정화된 세계, 부처님의 세계가 그것이라 한다.

일주문을 지나 경내에 들어선다. 속세의 세계를 지나 정화된 세계에 들어선 것이다. 그곳엔 고요가 안개처럼 깔려 묵음이 흐르고, 풍경소리가 나뭇잎마다 맺혀있다. 숲에서 소리 없이 불어오는 천년의 향기가 안개 깔린 부석사를 적시고 있다.

안양문을 지나 누각에 오르자 그림 같은 무량수전의 전경이

액자처럼 한눈에 들어온다. 안양(安養)은 불교에서 극락을 일컫는 말이며 부처님이 살고 있는 곳으로, 부처님의 세계인 극락정토에 들어선 것이다. 부처님 세계에 이르기 쉽지 않다는 가르침일까? 이곳에 이르기까지 가파르게 이어진 수많은 돌계단을 밟으며, 단번에 오를 수 없어 땀을 훔치고 숨을 고르며 올라왔다.

무량수전 법당에 들어 부처님 앞에 선다. 부처님은 소조(塑造), 즉 진흙으로 만든 여래좌상이라 하는데, 황금색으로 칠해져 있어 여느 불상과 다르게 보이지는 않는다. 부처님을 대하니 천지사방에 자비를 전하는 눈빛이 참으로 포근하고 인자해 보이면서도 기품이 서려 있다. 차곡차곡 쌓아둔 삶의 무게를 덜어내고 속세에 길들여진 욕망에 찌든 마음을 내려놓으라는 가르침이 들려오는 듯하다. "관세음보살 나무아비타불."

어찌된 일인지 무량수전 앞마당에는 석등만 있고 의례히 있어야 할 탑은 보이지 않는다. 안내판을 따라 몇 걸음 옮기니, 탑은 동쪽 언덕에 있다. 본래 법당 앞에 있어야 하는데 왜 옆에 있을까? 고려 공민왕 때 불에 타 소실되어 중건하였다더니, 그때 잠시 옮겨놓은 것이 지금까지 이곳에 있는 것은 아닌지 모르겠다. 삼층석탑은 천 년의 오랜 세월마저 잊은 채 무심하게 부처님의 가르침을 전해주고 있는 듯하다. 불심이 전해 올 것 같아 살며시 석탑을 만져 본다. 손끝의 감촉이 가슴 깊이 일렁이며 불심이 전해오는 듯 가슴이 훈훈해진다.

무량수전 앞마당에서 조 박사의 설명이 이어진다. 중간이 굵고 위 아래로 점차 가늘어지는 배흘림기둥, 추녀의 곡선, 문창살, 어쩌고저쩌고… 설명이 이어졌으나, 그 소리는 귀에 들어오지 않는다. 오직 선묘낭자가 보고 싶을 뿐이다. 슬그머니 발걸음을 옮긴다.

화엄을 공부하러 당나라에 온 의상을 선묘낭자는 극진히 공양하며 흠모의 정을 쏟았다. 그녀 역시 뛰어난 미모로 널리 알려진 여인이었다. 그런 여인의 지극한 사랑에 무릎 꿇지 않을 사람이 있을까? 그럼에도 의상은 한 치의 흔들림 없이 공부에만 열중하였다. 공부를 마치고 귀국길에 오르자, 의상의 마음을 돌리지 못한 선묘는 바다에 몸을 던졌다. 의상을 향한 지극한 사랑이 세속의 한계를 뛰어넘어 부처님께 닿았을까? 용으로 변한 선묘는 의상이 안전하게 돌아올 수 있도록 호위했다. 의상이 영주 땅 봉황산 자락에 절을 세우려 하자 사교 무리가 대사를 위협하고 방해했다. 그때 선묘는 무거운 바위를 머리 위에 띄워 사교 무리를 몰아내고 절을 창건하도록 했다. 그 후로는 절을 지키기 위해 석용(石龍)으로 변하여 무량수전 뜰 아래에 잠들어 있다는 선묘낭자.

선묘각에 들어서니 탱화 속에 선묘낭자가 있다. 용을 타고 구름 위에 떠 있는 모습이 천사가 하늘에서 내려오는 듯하고, 바다에서 의상을 호위하는 모습이 용왕의 딸인 듯 아름답다. 이토록 아름답고 지고지순한 선묘의 사랑을 의상은 왜 받아주지 않았을까? 깨달음을 구하는 승려의 몸이기에 그랬을까? 구도란 그런 걸까?

선묘가 공중에 띄웠다는 바위 앞에 선다. 이른바 부석(浮石), 뜬 바위이다. 조선 영조 때 이중환이 쓴 택리지에는 "위아래 바위 사이에 약간의 틈이 있어 줄을 넣어 당기면 걸림 없이 드나들어 떠 있는 돌임을 알 수 있다."라고 적혀있다. 하지만 아무리 둘러봐도 떠 있는 모습은 찾아볼 수 없다. 전설은 전설일 뿐일까? 뜬 바위의 기적에서 선묘의 사랑을 확인하고 싶은 내 마음은 중생의 어리석음에 불과한 것일까?

이제 부처님의 세계를 떠나 속세로 돌아가야 한다. 속세의 모든 인연과 욕망을 떨쳐버리고, 의상대사와 선묘낭자처럼, 이대로 부처님 세계에 영원히 머무를 수 없음을 알기에.

부처님의 세계에서는 찰나에 불과할 남녀의 사랑. 그 순간의 정열에 몸을 맡기지 않았던 의상은 참된 구도의 길로 나아갔다. 그러나 그 길을 끝까지 좇으며 바다를 가르고 바위를 띄웠던 한 여인의 사랑을 감히 누가 가엾다 말할 수 있을까? 누가 어리석다 말할 수 있을까?

속세로 발길을 돌리면서, 그런 부질없는 생각에 젖어본다.

움막과 아주머니가
없었더라면

"깊은 산 속 옹달샘,…… 이 산장을 아시나요?"

신문기사 한 토막이 내 어린 시절을 불러냈다. 내 기억 속에 그곳은 움막이었다. 만약 그곳에 움막과 아주머니가 없었더라면…

이곳에 다시 오리라고는 꿈에도 생각하지 못했다. 1년 전 이맘때, 우연히 이곳에 관한 신문기사 한 토막을 보기까지는. 지워진 줄 알았던 기억은 아직 선연히 남아있었다. 나는 그날 어린 시절에 대한 그리움이 밀려와 밤잠을 설치기까지 했다. 당장 달려 가보고 싶었으나 코로나 방역으로 거리두기를 하던 때여서 차일피일 미룰 수밖에 없었다. 그러다 '위드(with) 코로나' 시행으로 자유를 얻자마자 가장 먼저 달려온 곳이 이곳이다.

옹달샘 같은 산장을 찾아 추억 속으로 들어간다. 두 손 모아 합장하고 법주사 일주문에 들어선다. 그때의 기억이 어제의 일처럼 또렷이 살아나 꿈틀거린다. 그러고 보니 어느새 50여 년의 세월이 흘렀다. 정확히는 52년.

1969년 봄 어느 일요일이다. 고등학교 1학년인 나는 '4인방'으로 불리던 단짝 친구들과 속리산에 갔다. 산에 간다고 등산이라는 개념이 있었던 것은 아니었다. 제대로 된 등산복이나 등산화가 있을 턱도 없었다. 당시에는 무전여행이 유행하던 시절이어서, 그걸 흉내 내며 여기저기 놀러 다니고는 했다. 무임승차도 하고, 히치하이킹도 하고, 걷기도 하며 법주사에 이르고, 내친김에 문장대에 오르니 배가 고파 쓰러질 것만 같았다. 기진맥진한 채 하산 길에 들어 정신없이 내려오는데 눈앞에 허름한 움막이 나타났다. 한쪽 구석 바위틈에서 물이 졸졸 흘러나오는 게 보였고, 이젠 살았구나 싶었다. 우리는 다짜고짜 달려가 물로 허기진 배부터 채웠다. 그런 뒤에야 아주머니 한 분이 우리가 하는 짓을 지켜보고 있다는 걸 알았다. 몸뻬 바지에 수건을 쓴 수수한 차림의 아주머니는 더없이 따스한 표정을 짓고 계셨다.

"배가 많이 고픈 모양이구나."

"예, 이제 살 거 같네요."

"거기 좀 앉아. 수제비 끓여줄게. 너희들이 꼭 자식 같다는 생각이 드는구나."

우리는 마루에 걸터앉아 김이 무럭무럭 나는 수제비 한 그릇씩 맛도 느낄 겨를도 없이 허겁지겁 비웠다.

그때 만약 움막과 아주머니가 없었더라면 우리는 어떻게 되

었을까. 무엇으로 젊은 허기를 달랠 수 있었을까? 산의 넉넉함
과 따뜻함을 마음에 아로새길 수나 있었을까? 그러나 그 후로
지금까지 나는 움막과 아주머니는 까맣게 잊고 지냈다. 그러고
보면 세상에는 움막과 아주머니를 잊고 살아가는 늙은 청춘들
이 부지기수일 듯도 하다.

　세심정 갈림길에서 우측 계곡 길을 따라 오름길을 재촉한다.
믹스커피 한 박스를 손에 들고, 간간이 눈에 띄는 단풍을 눈에
담으며, 나뭇잎이 낙엽이 되어 수북이 쌓인 등산로를 따라 오
른다. 내가 굳이 커피를 들고 산에 오르는 까닭은 등산객 누구
나 타 마실 수 있도록 산장 앞에 부스를 만들어놓고 전기주전
자와 믹스커피를 내놓는다는 것을 신문기사를 통해 알았기 때
문이다.
　지금은 고인이 된 그때 그 움막 아주머니께서 "등산객에게
화장실을 마음대로 쓰도록 하는 것과 목마른 사람에게 물을 주
는 것, 이 두 가지는 꼭 하자."는 생각이셨는데, 뒤를 이어 산장
을 관리하는 아주머니의 막내딸이 요즘에는 물을 가지고 다니
므로 물 대신 커피를 산장 앞에 내놓는다는 얘기다.
　얼마쯤 올랐을까, 셔츠 위로 땀이 촉촉이 배어 나올 무렵 숲
속에 그림 같은 산장이 그 모습을 드러낸다. 이 산장이 그때 그
움막을 헐고 지었다는 산장일까, 가슴이 두근대기 시작한다.
외벽에 붓글씨가 쓰인 액자 여러 개가 걸려있는 걸 보니 틀림
없다. 서예에 능했던 아버지와 그가 교유하던 분들이 남긴 작

품이다.

애초에 이 산장은 표고버섯 재배 인부들이 잠깐씩 쉬는 움막이었다. 움막에 어느 부부가 들어와 살면서, 부부는 배고픈 사람에게 밥을 주고, 어두워지면 재워주고, 조난자가 생기면 수색을 도왔다. 1970년에 국립공원으로 지정되면서 움막이 헐리게 되자, 스님들이 '여기만큼은 좋은 일을 많이 했으니 살려야 된다.'라고 나섰다. 그리고는 그 자리에 정식으로 민간인이 운영하는 산장이 들어섰는데, 그게 바로 이 산장이다.

한 가지 재미있는 일은 김영삼 전 대통령의 좌우명 '대도무문(大道無門)'이 이곳에서 탄생했다는 사실이다. 당시 신민당 총재이던 김 전 대통령이 찾아오셨기에, 아버지가 기념으로 글을 써달라고 하니, 총재는 붓글씨를 써본 적이 없다며 난감해하셨다는 것. 이를 계기로 서예를 연습하셨는지 대선에서 패하고 1988년 찾아오셨을 때는 '대도무문(大道無門)'을 써 아버지께 주시는 것을, 막내딸은 직접 봤다고 한다.

산장에 막 들어서는데 마침 마당을 지나 별채로 가던 여인과 딱 마주쳤다. 나는 한눈에 이 여인이 바로 옛 움막 아주머니의 막내딸임을 알아차렸다. 혹시 따님 아니냐고 대뜸 물으니, 의아해하는 표정으로 어떻게 오셨냐고 되묻는다.

"50여 년 전, 이곳이 움막일 때 어머니께서 끓여주신 수제비를 먹었습니다."

"정말요? 50년 전 어머니 얘기를 듣게 되나요. 어서 들어오세요."

막내딸이 안내한 별채 자그마한 방에는 3명의 여인이 다과를 들며 담소를 나누고 있었다. 모두 만추의 아름다움을 찾아 어제 이곳에 와서 일박했다고 한다. 막내딸은 화가이기도 하여 조용한 성격인 줄 지레짐작했는데 의외로 서글서글하고 활달했다. 커피를 건네받은 그의 재치 있는 농담에 모두 웃음이 터졌다.

"그때 그 수제비 값을 이 커피로 때우시려는 건 아니죠? 하하~"

산장을 눈으로 보고 나니 이젠 그때 그 문장대를 다시 한번 보고 싶었다. 그러자면 느긋하게 이곳에 머무를 수는 없다. 문장대를 향해 산장을 나섰다. 산은 늘 그 자리에 묵묵히 있으나 올 때마다 그 모습을 달리 보여준다. 50년 전과 같은 길을 걷고 있으나 그때는 푸릇푸릇 녹음이 더해지고 있었고, 오늘은 만추의 쓸쓸함과 아름다움이 뒤섞인 모습이다. 계절마다 한 번씩 와봐야 그 산을 알 수 있다는 말을 또 한 번 실감한다.

문장대에는 '문장대에 세 번 오르면 극락에 간다.'라는 전설이 전해 내려오고 있다. 전설대로라면 나는 이번까지 다섯 차례 올랐으므로 극락에 가는 것은 따 놓은 당상이 아닐까 싶다.

세속이 떠난 산, 속리산(俗離山). 그곳에서 내가 만난 건 잊은 줄 알았던 추억이다. 그러나 추억 속에 마냥 머무를 수는 없는 일. 먼 훗날의 극락을 기약하며 나는 다시 속세로 발길을 돌린다. 속리(俗離)에서 속리(俗裡)로.

헤어날 수 없는 사랑

산과 사랑에 빠진 것은 어쩌면 숙명이 아닐까 싶다. 전국 방방곡곡 산을 찾아다니며 사랑해야만 하는 숙명.

내가 산을 찾기 시작한 건 40대 중반부터이다. 그전에는 산에 대하여 별 관심도, 시간도 없었다. 일 년에 고작 두세 번 가까운 관악산에 가는 것이 전부였다. 그러던 내가 산의 매력에 빠져들기 시작한 건 매주 일요일 새벽에 관악산에 가면서부터이다. 지인들과 함께 관악산 정상에 오르고, 연주암에서 아침 공양을 하고 집에 돌아왔다. 산에 다녀오면 쌓였던 스트레스가 풀리고 몸도 마음도 홀가분했다. 그렇게 일여 년을 다녔다. 그후 산에 가지 못했다. 나에게 첫사랑 같았던 관악산은 그렇게 서서히 잊혀져 갔다.

40대 후반에 이르자 걷기는커녕 허리 통증으로 앉아있기조차 힘들었다. 검진 결과, 척추 뼈와 뼈를 연결해주는 뼈 한마디가 없어 척추가 흔들리는 상태였다. 병명은 '척추불안정증'. 이 럴 수가! 내가 뼈 한마디가 없이 태어난 장애인이라니. 지금껏 그조차 모르고 있었다니, 어이가 없었다. 의사에게 물었다.

"이런 경우도 있나요?"

"드문 경우입니다."

"그런데 왜 지금까지 그걸 모르고 지냈죠?"

"건강할 때는 모르죠. 비만이 오고 허리 근육이 약해지면서 통증이 나타난 겁니다."

이를 두고 어머니의 한마디 말씀은 경황 중에도 웃음을 주 었다.

"얼마나 바빴으면 뼈 한마디를 빠뜨리고 너를 만들었구나."

의사는 당장 척추를 고정시키는 수술을 받으라고 했으나, 먼 저 살을 빼고 허리 근육을 강화해 보기로 했다. '걷자. 걷는 수 밖에 없다.'라는 말을 수없이 되뇌며 걷기에 돌입했다. 그런데 막상 집 근처를 어기적거리며 걸으려니 주변 사람들의 시선이 영 민망했다.

갈 곳이라고는 관악산밖에 없었다. 틈만 나면 관악산을 찾아 '제발 살려 달라'고 매달렸다. 배낭도 메지 못하고 스틱에 의지 한 채 걸었다. 통증을 이기지 못해 몇 걸음 걷다 주저앉기를 거 듭했고, 아무 곳에서나 드러누워야만 했다. 지나는 사람들의 시선이 곤혹스러웠다.

사람들의 눈을 피해 포천, 철원, 연천 등 외진 산을 찾아다녔다. 아내가 배낭을 걸머지고 앞장서면 나는 복대를 착용하고 빈 몸으로 아내의 뒤를 졸졸 따라다녔다. 그럴 때마다 나도 모르게 서러움이 차올라, 아내 몰래 눈물을 훔치기도 했다. 한 번 두 번 거듭할수록 허리 통증이 차츰 완화되어갔고 산행 거리도 조금씩 늘려갈 수 있었다.

점점 산에 매료되었다. 산악회를 따라 전국 산에 다니기 시작했다. 술도 많이 먹었다. 산악회 분위기가 그랬다. 산에 오르면서 한잔, 정상에서 한잔, 내려오면서, 내려와서, 한잔 또 한잔, 웬 술을 그리 많이 마시는지 틈만 나면 마셨다. 마치 술 마시러 산에 가는 듯했다. 결국 술에 취해 발목인대가 끊어지는 사고를 당했다.

목발 신세를 지고 6개월 동안 산에 가지 못했다. 술을 마실 것이냐 산에 갈 것이냐, 둘 중 하나를 택해야만 했다. 둘 다 하다가는 제명에 죽을 수조차 없을 것 같았다. 결국 산을 택했다. 술을 먹지 않기 위해 산악회도 탈퇴했다. 술을 마시지 않을지언정 산에 가지 않을 수는 없었다. 친구들은 "나 같으면 산을 끊고 술을 마시겠다."라며 놀리기도 했다.

홀로 산에 다니면서 한 달에 두 번 가던 것을 매주 갔다. 주말이면 만사를 제쳐두고 산으로 갔다. 비가 오나 눈이 오나 바람이 부나 산으로 갔다. 산은 안개, 비, 눈, 바람으로 고통을 안겨주기도 했으나 추억을 만들어주기도 했다. 결국 산을 좋아하는 것을 넘어 산과 사랑에 빠지고 말았다. 사랑에 빠지게 되니 산행 자체가 행복으로 다가왔다. 산행에 나설 때마다 설레기까지 했다. 한주라도 가지 않으면 좀이 쑤셔 견딜 수 없었다. 지독한 열병이었다. 눈먼 사랑에는 약도 없다더니, 바로 그런 꼴이었다.

어차피 산에 갈 거라면 주먹구구식으로 다닐 게 아니라 체계적으로 다니고 싶었다. 그래서 시작한 것이 백두대간 종주이다. 기대 반 두려움 반으로 시작한 백두대간 종주를 무탈하게 마치자, 자부심과 자신감에 멈출 수가 없었다. 9개의 정맥까지 도전하여 무사히 종주하자, 산을 떠나서 산다는 것은 생각조차 할 수 없었다. 아니, 너무 깊이 사랑에 빠져 헤어날 수조차 없었다.

어차피 산을 떠나지 못할 바에는 산이라는 산은 모조리 오르고 싶었다. 그래서 지금도 전국 방방곡곡 산을 찾아 헤매고 있다. 지인들은 이런 나에게 "미쳐도 단단히 미쳤다."라고 한다. 맞는 말이다. 불광불급(不狂不及)! 미치지 않으면 미치지 못하니까.

산과 사랑에 빠지고 보니 노후에 산을 벗 삼아 활동하면 좋겠다는 생각이 들었다. 시간을 쪼개어 교육을 받고, 2015년 산림청 '숲길체험지도사' 자격을 취득했다.

생업에서 은퇴하고 나니 시간 여유가 있었다. 내가 사랑하는 산에서 뭔가 뜻있는 일을 하고 싶었다. 북부지방산림청의 '숲사랑 지도원'과 '서울둘레길 안전보안관'으로 활동하며 '장애인 숲길트레킹' 자원봉사에 틈만 나면 참여했다. 그러던 중 숲길체험지도사로 활동할 기회가 찾아왔다. 첫사랑 같은 관악산에서 1년간 숲길체험지도사로 활동했다. 첫사랑의 온몸 구석구석 속살까지 살펴보며 못다 한 사랑을 나누었다.

나의 버킷리스트 중 첫 번째가 바람을 피우는 것이다. 마침내 그 기회가 찾아왔다. 산을 좋아하는 사람이라면 누구나 꿈꾸는 히말라야 에베레스트에 다녀올 수 있는 기회였다. 자신은 없었으나 꿈을 이룰 기회를 놓칠 수 없었다. 첫사랑인 관악산 숲길체험지도사 활동을 중단하고, 2017년 에베레스트에 다녀왔다. 물론 정상에는 오르지 못했다. 전위봉인 칼라파타르까지 오르고 말았지만, 고산의 매력에 흠뻑 빠져들었다.

첫 바람의 달콤한 맛은 잊을 수도 떨칠 수도 없었다. 늦바람이 무섭다더니, 세계 7대륙 최고봉에 오르는 꿈, 그 꿈과 함께 각국의 고산에 오르고 싶었다. 더 나이가 들어 다리 힘이 떨어지기 전에 부지런히 바람을 피우고 싶었다. 그래서 세계 곳곳의 고산을 찾아다녔다. 지금까지 킬리만자로 등 9개의 고산 정상에 올랐다.

그러나 바람을 피운 대가는 혹독했다. 국내의 산과는 달리 해외 고산은 고산증세에 시달려야만 했다. 머리가 지끈대고 소화도 되지 않고 숨이 차오르는 고통을 겪어야만 했다. 한번 다녀오면 체중이 3~4킬로그램은 줄어들었다. 하지만 하나하나 꿈을 이루어간다는 성취감과 희열, 행복감에 멈출 수 없었다.

삶의 활력을 불어넣어 주고 건강을 찾아준 산. 나 자신이 살

아있음을 온몸으로 느끼게 해준 산. 행복이 뭔지 깨달음을 준 산. 이젠 내 삶의 일부가 된 산. 나는 결국 죽어서도 산과 함께 할 것이다.

함민복 시인의 시 「산」이 떠오른다. 내 마음이 오롯이 담겨있는 듯하다.

산

함민복

당신 품에 안겼다가 떠나갑니다.
진달래꽃 술렁술렁 배웅합니다.

(중략)

삶에 지치면 먼발치로 당신을 바라다보고
그래도 그리우면 당신 찾아가 품에 안겨보지요.
그렇게 살다가 영, 당신을 볼 수 없게 되는 날
당신 품에 안겨 당신이 될 수 있겠지요.

외쪽사랑

　사람은 누구나 사랑하는 것이 있기 마련이다. 누군가는 강아지를 사랑하고 누군가는 장미를 사랑하며 달이나 별을 사랑하기도 한다. 사랑이 밥을 먹여주는 것은 아니지만, 삭막한 삶의 여정에 사랑하는 거라도 있어야 작은 행복이라도 맛보며 살아갈 수 있지 않을까. 그 사랑이 외쪽사랑이라도 말이다.

　사랑 하나.
　조물주가 천지를 창조하고, 그 천지를 아름답게 만들기 위해 꽃을 만들었다고 한다. 그때 가장 먼저 만든 꽃이 코스모스라고 한다. 그래서인지 코스모스에는 때 묻지 않은 소박함과 순수함이 깃들어있다. 아침저녁으로 제법 신선한 바람이 불어와 불볕더위를 밀어내기 시작하면, 여름이 서둘러 떠나갈 채비를 하고 그 자리에 가을이 들어서려 한다. 길가의 노랑, 분홍, 하양, 색색의 코스모스가 스치는 산들바람에 살랑인다. 마치 청순가련한 사춘기 소녀의 수줍은 미소를 보는 듯하다. 그래서 꽃말도 '소녀의 순결과 순정'이라 했으리라. 코스모스가 전해주는 가을 소식에 무더위에 축 늘어진 내 몸의 세포 하나하나가 깨어나기 시작한다. 그러니 어찌 코스모스를 사랑하지 않을 수 있으랴. 이 가을, 코스모스가 피어있는 향기로운 길을 걸으며, 소녀를 사랑하던 소년의 마음으로 코스모스를 사랑하련다.

사랑 둘.

산은 계절에 따라 독특한 매력을 발산하며 나를 끌어당긴다. 봄은 새싹이 움트는 생동감과 녹색향연으로, 여름은 수목의 짙푸른 녹음으로, 가을은 색색으로 물들인 고운 자태로, 겨울은 그림 같은 상고대와 설경으로 나를 매료시킨다. 사계절 모두 흠잡을 데 없이 아름답지만, 그중 하나를 꼽으라면 나는 주저 없이 가을 산을 꼽는다. 가을 산이 아름다운 것은 단풍이 있기 때문만이 아니다. 그보다는 훌쩍 높아진 하늘이 있고 숨 쉴 때마다 온몸에 스며드는 달콤한 공기가 있어서이다. 가을 햇살을 받으며 사랑하는 사람과 팔짱을 끼거나 손을 잡고 숲속을 걸을 수 있어서 좋고, 다가올 겨울을 준비하느라 세속에 쌓인 허욕을 내려놓으며 자신을 비워가는 나무들의 모습을 바라보는 것만으로 좋다. 어느 땐 텅 빈 가슴이 더욱 쓸쓸해지기도 하지만, 낙엽을 밟으며 추억 속에 빠져들거나 사색에 젖어들 수 있는 게 무엇보다 좋다. 그래서 나는 가을 산을 사랑한다.

사랑 셋.

산에 들어서면 다람쥐를 자주 만난다. 청설모가 아닌 동요 속에 나오는 '산골짜기 다람쥐 아기 다람쥐, 도토리 점심 가지고 소풍 가는' 다람쥐 말이다. 자그마한 몸에 줄무늬가 선명한 토종 날다람쥐. 복실 대는 꼬리를 들어 올리고 호기심 가득한 눈동자로 주위를 부지런히 살피며 요리조리 나무를 오르내리는, 그 모습에 반하지 않을 수가 없다. 이 녀석은 사람을 자주 봐서인지 도망가지도 않는다. 어느 땐 가까이 다가와 먹이를 달라고 재롱을 떨기도 한다. 경계심이 많아 손에 잡히지 않을 만큼의 거리를 유지한 채, 한 발 다가서면 한 발 물러서고 한 발 물러서면 한 발 다가온다. 가까이하고 싶어도 할 수 없는 '가까이하기엔 너무 먼 당신'이다. 그래도 나는 이 녀석을 사랑한다. 겨울에 먹을 양식을 땅속에 묻어놓고 절반도 기억하지 못하는 허술함이 있기에 더욱 사랑스러운지도 모르겠다.

사랑 넷.

가장 사랑스러운 동물이 다람쥐라면, 가장 사랑스러운 식물은 공작단풍나무이다. 그중에서 홍 공작단풍나무. 이 나무는 다른 나무와는 다르게 봄부터 붉은 옷을 차려입는다. 어찌 보면 이미 단풍이 든 모습이다. 물론 봄부터 잎을 붉게 물들인 나무가 더러 있지만, 홍 공작단풍나무야 말로 단연 군계일학이다. 새의 깃털처럼 가늘게 쪼개진 잎이 수양버들처럼 아래로 늘어져 있는 모습은 영락없이 날개를 펴고 있는 한 마리 공작

새이다. 그래서 공작단풍나무로 불리지만, 내 눈에는 붉은색 드레스를 차려입은 고귀하고 기품 있는 여인으로 보인다. 그 자태가 어찌나 우아하고 아름다운지 바로 바라보기는커녕 숨조차 멎을 것만 같다. 감히 범접할 수 없는 자태에 사랑한다는 고백조차 하지 못하고, 그 마음만 들켜버린 것 같아 내 가슴 속까지 붉게 물들어간다. 그렇게 봄여름을 보내고 가을이 깊어지면 찬란하던 빛이 조금씩 수그러들며 노부인으로 변해간다. 그러나 마지막 순간까지 우아한 자태와 품위를 잃지 않고 겨울을 맞이한다. 그러니 어찌 사랑하지 않을 수 있으랴.

사랑 다섯.

떠오르는 태양은 생각만 해도 마음이 설렌다. 언제 어디서 봐도 아름다운 게 일출이지만, 산에 올라 마주하는 일출은 가슴마저 벅차오르게 한다. 여명이 밝아오기 시작하면 뻗어 내린 산줄기의 곡선이 희미하게 윤곽을 드러내고 구름이 오렌지 빛으로 물들어가기 시작한다. 그 속에서 빨간 점 하나가 고개를 내밀고, 점점 커지면서 동그란 모양으로 강렬한 빛을 내뿜으며 솟아오른다. 침묵 속에 잠들어있던 대지가 기지개를 켜고 하늘 아래 숨 쉬는 모든 생명체의 숨결이 들려온다. 그 순간 행복과 기쁨이 뒤범벅되어 파도처럼 밀려와 가슴이 벅차오른다. 일출은 매일 거듭되지만 어제와 오늘이 다르고 내일은 또 다른 느낌을 준다. 떠오르는 태양을 볼 때마다 사랑하는 임을 만나는 것처럼 가슴이 설렌다. 사랑을 넘어선 장엄한 대자연 앞에 넋

을 잃는다.

　인디언 나바호족은 자연의 아름다움을 이렇게 노래했다. 나
도 나바호족처럼 주변 모든 것을 사랑하련다. 그 사랑이 외쪽
사랑이라도 말이다.

　　모든 것이 아름답다.
　　내 앞의 모든 것이 아름답고,
　　내 뒤의 모든 것이 아름답다.
　　내 아래의 모든 것이 아름답고,
　　내 둘레의 모든 것이 아름답다.

산줄기를 따라서

"一本而分萬者也山, 萬殊而合一者水也"

하나의 근본에서 만 갈래로 나누어지는 것이 산이요, 만 가지 다른 것이 하나로 모이는 것이 물이다.

조선 영조 때 실학자 연암 신경준이 지은 『산수고(山水考)』에 쓰여 있는 말이다. 여기서 하나의 근본이란 우리 민족의 영산(靈山)인 백두산을 말한다. 백두산이 큰 줄기를 이루며 뻗어나가 한반도의 중심 산줄기인 백두대간(白頭大幹)을 이루었다. 백두대간은 1개의 정간(正幹)과 13개의 정맥(正脈)으로 분기했으며, 162개의 기맥(岐脈)과 지맥(枝脈), 그리고 수많은 분맥(分脈)과 단맥(短脈)으로 가지를 치며 뻗어나갔다. 우리 민족의 젖줄이자 뿌리이며 삶의 터전인 이 모든 산줄기를 두 발로 걸을 수만 있다면, 그럴 수만 있다면….

백두대간 산줄기가 흐르고 흘러 문경 초입에 이르면 문복대라는 산이 있다. 이 산의 애초 이름은 운봉산이었으나, 백두대간이 문경 땅에 복을 품고 들어오는 문이라 하여 문복대(門福臺)라 불린다.

2012년 봄, 그 문복대 정상에서 우연히 할아버지 한 분을 만났다. 놀랍게도 그분은 백두대간을 종주하고 계셨다. 72세의 연세에 더욱 놀라 어안이 벙벙해 있는데, 그분은 나에게 담담히 말씀하셨다.

"더 나이 들기 전에 한번 해봐. 나중에는 하고 싶어도 힘이 없어 못 해."

그 말씀은 내 가슴에 큰 울림을 주었다. 할아버지는 떠나고 나는 그 자리에 털썩 주저앉았다. 그렇잖아도 우리 산줄기를 걷고 싶은 마음은 늘 간절했었다. 자신이 없어 차일피일 미루고 있었을 뿐이다. 나는 죽비(竹篦) 소리에 잠을 깨듯 내 어리석음을 깨우쳤다. 할아버지 말씀대로, 오늘 하지 못한 일을 더 나이 들어 할 수 있을까? 그래, 어디 한번 해보자. 할아버지도 하시는데….

그해 여름, 백두대간 종주를 시작했다. 막상 시작은 했으나 과연 끝까지 해낼 수 있을지는 스스로도 의문이었다. 체력의 한계를 느껴 포기하고 싶은 마음이 간절했다. 그러나 몸이 힘들면 정신력으로 버티며 수많은 봉과 산을 오르내리며 걷고 또 걸었다.

1년 3개월만인 2013년 12월, 지리산 천왕봉에 이르러 백두대간 종주의 막을 내렸다. 진부령에서 출정 시 70여 명의 많은 사람이 함께 도전했으나 횟수를 거듭할수록 인원이 점점 줄어들었다. 마지막 지점인 지리산 천왕봉에 이른 대원은 21명뿐이었다. 누구나 도전할 수는 있으나 아무나 완주하는 것은 아니다, 라는 말을 실감할 수 있었다. 문복대에서 할아버지를 만나지 못했더라면, 문복대가 복을 가져다주지 않았더라면 어림도 없는 일이었다.

정맥능선을 걷기 시작한 때는 백두대간 종주 중이던 2013년 여름이다. 백두대간을 걸으면서 단련이 되어서인지 둔하기만 하던 몸이 날렵하게 바뀌었다. 격주로 대간과 정맥능선을 번갈아 걸었다. 대간 종주가 끝나고부터는 정맥과 기맥, 지맥을 번갈아 걸었다. 만 4년을 걸어 정맥을 모두 완주하고, 2017년 여름부터는 지맥과 분맥, 단맥을 찾아 전국 방방곡곡을 헤매고 있다.

대간은 산이 높은 데 비하여 정맥은 대체로 낮다. 지맥, 분맥, 단맥은 정맥보다도 더 낮다. 산도 아니고 들도 아닌 비산비야(非山非野) 구간도 수두룩하다. 낮은 대신 오르고 내리기를 거듭해야만 하는, 소위 '빨래판' 구간이 많다. 또한 대간과 정맥은 많은 사람이 다녀 길 흔적이 대체로 뚜렷하나 나머지 산줄기는 흔적조차 없는 곳이 많다. 그 길을 헤치고 가다 가시덤불과 잡목에 찔리고 긁혀 팔과 다리는 어느 하루도 성한 날이 없었다. 풀독이 오르고 벌에 쏘이기도 했다. 멧돼지와 뱀, 오소리, 고라니와 마주친 적도 여러 번이다. 등산복은 몇 번 입으면 너덜너덜해져 넝마를 걸친 듯하고 등산화는 몇 달 신으면 바닥 창은 반질대고 갈라졌다.

크고 작은 사고도 끊임없이 일어났다. 발을 잘 못 디뎌 발목과 무릎인대가 찢기기도 하고 굴러떨어져 상처가 나고 멍이 들기도 했다. 몰아치는 폭풍우와 눈보라, 허벅지까지 쌓인 눈 속을 헤치며 걷다가 탈진상태에 이르기도 하고, 저체온 증세로 죽을 고비를 넘기기도 했다. 비가 오면 빗물에 밥 말아 먹고 눈이 오면 눈에 밥 비벼 먹으며 걸었다. 구도를 위해 고행의 길을 가는 수도승과 조금도 다를 게 없었다. 힘들 때마다 평탄하고 쉬운 길 놔두고 내가 왜 이럴까, 이것이 무슨 의미가 있을까, 회의가 들기도 했다. 돌이켜보면 꿈속에서 걸었는지 생시에 걸었는지 아득하게만 느껴진다.

몸이 고된 것은 시간이 지나면 회복되지만, 우리 산줄기가 입은 상처는 회복되기란 요원하다는 사실이 안타까웠다. 산줄기를 깎아 주택이나 공장이 들어선 곳, 도로 개설로 맥이 끊긴 곳이 수없이 많다. 우리 스스로 우리 산줄기를 갉아먹은 셈이니, 누굴 원망할 수도 없다. 사유지로 막혀있거나 군부대가 들어서 있으면 능선에서 벗어나 멀리 돌아가야만 했다.

한남정맥 마지막 지점에서는 이런 일도 있었다. 종착 지점 2㎞를 남겨두고 군부대가 주둔해있어 옆으로 빠졌다. 하지만 마지막 지점에 서지 않고는 허전한 마음을 달랠 길이 없었다. 출입 금지구역인줄 알면서도, 해안 철책을 따라 600여m를 나아가 마지막 지점에 섰다. 그때 어디선가 군용 지프차가 급히 달려오더니 우리를 향해 총구를 겨누었다. 우리가 무단 침입한 모습이 감시카메라에 잡혀 출동했다고 한다. 그렇다. 그곳은 최전방이다. 불철주야 나라를 지키기 위해 애쓰는 국군이 있기에 마음 놓고 우리의 산줄기를 걷고 있는 것이다.

우리나라 산줄기에는 역사가 스며있다. 지명 하나하나에도 그 유래가 있고 숨은 이야기가 전해 내려오고 있다. 우리나라 역사는 전쟁의 역사라 해도 과언이 아니다. 삼국시대와 후삼국 시대, 임진왜란, 6·25전쟁을 거치면서 격전을 치르느라 수많은 민관군이 뼈를 묻어야만 했던 역사의 현장이 곳곳에 있다. 일제강점기 때 왜구는 우리의 문화재와 물자를 수탈해 가고도 모자라, 민족정기를 끊어놓으려고 백두대간 혈맥에 쇠말뚝을 박아놓거나 지명을 바꿔놓기도 했다. 변란이 있을 때마다 중앙에 알리기 위해 불을 피워 올리던 봉수대도 여러 곳에 있다. 지금도 여원재에는 왜구의 침략을 다시는 용납할 수 없다는 듯, 운성대장군 석(石)장승이 눈을 부릅뜬 채 지키고 있다.

험한 산세만큼이나 맹수와 산적들이 들끓어 60명 이상이 모여야 고개를 넘을 수 있었던 육십령. 병인박해 당시 대원군의 박해를 피해 허기진 몸을 숨겼던 평전치. 기구한 팔자를 타고난 여인이 서방만 얻으면 죽고 또 죽어 아홉 서방을 모셨다는 구부시령. 고려 말 삼척에 유배된 공민왕이 죽임을 당하자 충신들이 불사이군 한다며 관모와 관복을 나무에 걸어놓았다는 한의령 등 전해 내려오는 전설은 수없이 많다. 이같이 수많은 역사와 역사 속 이야기를 말없이 들려주고 있다.

그러나 한반도는 남북으로 나뉘어있고, 산줄기도 두 동강이 났다. 내가 걸을 수 있는 산줄기로는 남한에 있는 백두대간 반토막과 9개의 정맥, 162개의 기맥 및 지맥, 그리고 분맥과 단맥이다. 이를 실거리로 계산해보면 총 16,000여 ㎞에 이른다. 중국 홍군이 국민당 군대에 쫓기며 이룬 12,000㎞의 대장정보다 더 긴 산줄기를 걸어야만 한다. 이를 매주 1번, 20여 ㎞씩 걷는다면 대략 16년쯤 걸린다. 그땐 내 나이가 팔십을 바라본다. 그때까지 살아있을지조차 알 수 없다. 어쩌면 꿈으로 남아있을지도 모를 일이다.

하지만, 걸을 수 있는 날까지 멈추지 않을 것이다. 우리의 산줄기를 따라 걷고 또 걸을 것이다. 별다른 재주도 없는 내가 할 수 있는 거라고는 두 발로 걷는 것뿐이니까. 우리의 산줄기를 사랑하니까.

실토, 부끄러운 산행

우리나라 산은 유독 비 탐방로가 많다. 국립공원은 물론이고 백두대간과 정맥에도 곳곳이 출입 금지구역이다. 종주를 시작하면 범법자가 되지 않고서는 종주할 수가 없다. 법을 어기고 입산해야 할지, 아니면 포기해야 할지 딜레마에 빠지고는 한다.

설악산 대청봉에 오르는 등산로는 여러 곳에 있다. 그중 가장 거리가 짧고 빠르게 오를 수 있는 곳이 오색탐방센터이다. 등산로 입구에서 대청봉까지의 거리는 5㎞밖에 되지 않고, 4시간 정도만 오르면 된다. 그러나 오색의 고도가 550m이고 대청봉의 고도가 1,798m이므로 한번에 1,250m의 고도를 올려줘야 한다. 그만큼 경사도 급하고, 또한 볼거리도 거의 없다. 빨리 올라가 일출을 보려는 사람들이 주로 이용하는 코스다.

밤과 새벽 사이의 오색탐방센터. 그곳엔 이미 수많은 등산객이 웅성이고 있다. 세어보지는 않았으나 대략 100여 명이 넘는 듯하다. 하절기에는 새벽 3시부터 입산이 가능하므로, 산문이 열리기를 기다리고 있는 사람들이다.

새벽 3시, 산문이 열리고 줄을 서서 등산로에 들어선다. 많은 사람이 한꺼번에 오르다 보니 자꾸만 지체된다. 그러다 보니 졸음이 쏟아진다. 고속도로를 달릴 때 차의 흐름이 좋으면 졸음이 오지 않는데, 차가 막혀 저속으로 가다 보면 졸음이 오는 것과 마찬가지다.

기회가 닿는 대로 추월해보지만 쏟아지는 졸음은 어찌해볼 방법이 없다. 참고 또 참아도 더 이상 참을 수가 없다. 휴게소에 들어가 차를 세우고 잠시 눈을 붙이듯, 벤치 있는 곳에 잠시 배낭을 내리고 쪼그리고 앉아 눈을 감는다. 정말 잠깐 눈을 붙이기만 한 것 같은데, 어느새 달콤하고도 깊은 잠 속에 빠져든 모양이다. 일행들이 벌써 10분이 지났다며 흔들어 깨운다. 눈을 뜨자 올해 첫 얼음이 얼었다는 기상예보대로 온몸에 한기가 몰려온다. 서둘러 패딩을 꺼내 입고 털모자를 쓴다.

배낭을 다시 메고 걸음을 재촉한다. 몇 걸음 걸었을까? 아차, 하는 순간 균형을 잃고 순식간에 그대로 앞으로 고꾸라졌다. 쿵, 소리와 함께 두 눈에 번갯불이 일며 정신이 번쩍 든다. 졸음에 다리가 풀리다 보니 스텝이 꼬여 내가 내 발에 걸린 것이다. 얼굴 한쪽이 얼얼하고 쓰라리다. 얼얼함이야 시간이 흐르면 가실 테니, 액땜했다고 생각하면 그만이리라. 그런데 문득 묘한 생각이 든다. 맥을 못 추게 쏟아지던 졸음부터 어이없는 헛발까지, 누가 꼭 내게 경고 메시지를 보내는 듯하다. 경고라면 무엇을 경고함일까?

다시 걸음을 재촉해보지만, 정상을 코앞에 두고 일출이 시작된다. 원래 느린 듯하면서도 빠른 게 일출이 아닌가. 시야가 트일 때마다 힐끗힐끗 쳐다보며 오르는 수밖에 없다. 대청봉에 올랐으나 많은 사람이 정상석 앞에 줄을 서서 인증 샷을 찍고 있다. 그러나 우리는 줄을 설 여유가 없다.

국립공원 직원이 통제를 시작하는 시각이 바로 7시이기에 서둘러야만 한다. 우리는 통제 시작 10분 전, 감시초소 옆 출입금지구역에 들어선다. 이제 돌이킬 수 없는 범법자 신세가 된 것이다.

이곳에 초소가 생긴 것은 불과 2년 전이다. 등산객들이 무단으로 들어가는 일이 잦아 초소를 세우고 통제하기에 이르렀다. 등산객들이 기를 쓰고 선을 넘을 때는 그만한 이유가 있는 법이다. 화채능선에 들어가는 것은 그만큼 조망이 빼어나다고 알려져서이다. 그런데 초소가 생기고도 그 발걸음은 별로 줄지 않았다. 하지 말라는 건 자꾸만 하고 싶고 가지 말라는 곳엔 자꾸만 가고 싶은, 청개구리 심정이 아닐까? 하긴 남의 얘기가 아니다. 내가 바로 그 청개구리 중 하나이니 말이다.

감시초소에서 3시간 만에 화채봉에 이른다. 과연 명불허전이다. 화채봉(華彩峰)이라는 멋들어진 이름이 그냥 붙은 게 아니다. 외설악의 비경에 넋을 잃을 지경이다. 금강산으로부터 흘러내려 와 미시령 황철봉 마등령 공룡능선 대청봉으로 이어진 백두대간 산줄기, 수석전시장을 방불케 하는 울산바위, 발아래 펼쳐진 천불동과 토왕골, 드넓게 펼쳐진 동해가 한눈에 들어온다. 이리 봐도 저리 봐도 화폭에 담긴 한 폭의 그림이다.

눈 호강을 하며 길을 이어간다. 스틱은 아예 배낭에 넣고 바위와 바위 사이를 엉금엉금 기다시피 오르내리며 짜릿한 스릴을 즐긴다. 북두칠성 봉우리로 불리는 칠성봉, 신선들이 모인다는 집선봉, 권금성 봉화대로 이어지는 화채능선의 창끝 같은 바위 능선과 천 길 단애에서 뿜어져 나오는 거친 야생의 숨결이 밀려온다.

비 탐방로인데도 많은 사람이 다녀 길 흔적은 뚜렷하다. 그만큼 범법자가 많았다는 얘기가 아닌가. 그러나 청량한 가을 하늘, 빨간 열매가 주렁주렁 열린 마가목, 오랜 세월 버티다 못해 고사목이 된 나무들, 아름드리 소나무가 자꾸만 걸음을 멈추게 한다.

오후 5시 30분, 드디어 설악동 탐방센터에 이르러 산행을 마무리한다. 오후 4시 이후에는 감시요원이 철수하므로, 눈치 보지 않고 산문을 나설 수 있었다. 비 탐방로에는 감시초소나 무인 카메라가 설치되어있어 원칙적으로는 무단출입하면 단속된다. 그러나 작심한 산꾼들에게는 문제가 안 된다. 서로 정보를 교환하고 단속 지점을 피해 우회한다. 그러다 사고가 나기도 한다. 위험을 무릅쓰고 감시요원과 숨바꼭질을 하는 것이다. 백두대간만 해도 11개 구간 76.8㎞가 출입 통제되고 있다. 그곳에 무단 입산하여 산행하다가 단속되어 과태료 처분을 받고 있는 사람이 매년 100여 명에 이르는 실정이다.

부끄러움을 무릅쓰고 실토하자면, 나도 그런 산꾼 중 하나이다. 법을 어긴 것도 문제지만, 그동안 죄책감도 별로 느끼지 못한 게 사실이다. 내 개인적 이득을 위함이 아니라 산을 사랑한다는 미명 아래 저지른 불법이기 때문이다. 법을 어기면서도 나는 다른 파렴치한 잡범들과는 다르다고 생각했다. 부끄러운 짓을 하고도 부끄러운 줄 모르는 내게 경고하기 위해, 산신은 오늘 산행 길에 나를 실족케 했는지도 모르겠다.

실로 나 자신이 그지없이 부끄럽다.

달콤한 백수

　누구나 생업에서 은퇴하면 전에 없던 시간적 여유를 갖게 된다. 그렇다고 그 여유를 누구나 알차게 누리는 것은 아닐 것이다. 자기만의 계획을 세우고 새로운 일에 도전해야 '인생 2막'이라는 새로운 삶을 한 번 더 살아볼 수 있는 것이 아닐까 싶다. 또한 무기력하게 집안에 틀어박히거나, 멍한 얼굴로 비슷한 처지끼리 모여드는 그런 노년은 싫다. 그렇다면 어찌해야 할까? 은퇴를 앞두고 나는 그런 고민을 많이 했다.

　2015년 여름, 사업을 정리하자 나는 정말 하루아침에 백수가 되었다. 친구들은 "한번 놀아봐라. 놀기도 지겹다."라며 겁을 줬다. 그 말을 들으니 은근히 걱정되기도 했다.

　그러나 직접 겪어보니 무료할 틈이라고는 없이 바쁜 일상이 이어졌다. 오라는 곳은 없어도 갈 곳은 많았다. 이 사람 저 사람 이곳저곳을 찾아다니다 보니 시간이 부족할 정도였다. 책도

읽어야 하고, 글도 써야 하고, 바둑도 둬야 하고, 운동도 해야 하고, 산에도 가야 했다. 하고 싶은 일과 해야 할 일이 너무 많았나. 남들은 계급장 떨어진 처량한 신세로 보겠지만, 나에게는 재미와 의미를 찾아 부지런을 피는 소중한 시간이었다. 내 삶에서 완전한 자유를 되찾고 맛보는 시간이었다. 왜 좀 더 일찍 백수가 되지 못했을까, 그런 후회스러운 생각까지 일었다. 그러나 세상의 달콤함이 대개 그러하듯, 백수의 달콤함도 그리 길지 않았다.

은퇴를 앞두고 나는, 산을 워낙 좋아하기에 이왕이면 산과 함께하는 새로운 삶을 시작하고 싶었다. 용기를 내어 산림청 문을 두드렸다. 산과 관련된 자격증으로는 숲 해설가, 숲길체험지도사, 유아 숲지도사, 산림치유사가 있다. 이중 내가 하고 싶은 일은 산을 오르내리는 일이다. 그래서 시간을 쪼개어 교육받고 취득한 자격증이 숲길체험지도사이다.

2016년 숲길체험지도사 활동이 시작되면서, 불과 5달 만에 달콤한 백수 생활이 끝나고 말았다. 물론 내가 선택한 일이다. 무엇보다 내가 좋아하는 산에서, 그것도 내가 사랑하는 관악산에서 다시 '일'하게 되었으니 그야말로 인생 2막이 시작된 거라고 생각했다.

만나는 사람마다 취미가 직업이 되었으니 얼마나 좋으냐며 축하해주었다. 그중 열렬히, 쌍수를 들어 환영한 사람은 다름 아닌 아내이다. 백수가 됐다고 생활비를 적게 주는 것도 아니건만, 하는 일 없이 빈둥대는 꼴이 보기 싫어서였을까? 돈을 벌든 못 벌든 남자는 무조건 출퇴근해야 한다며 마냥 좋아했다.

숲길체험지도사가 하는 일은 안전하고 쾌적하게 등산 또는 트레킹을 할 수 있도록 해설하거나 지도, 교육, 안내 등을 하는 일이다. 그러나 막상 활동을 시작하고 보니 현장의 현실은 그리 간단하지 않았다. 관악산에 오는 사람들은 끼리끼리 와서 즐기다 가면 그것으로 그만이라는 식이다. 누구 하나 등산 안내나 해설을 요청해오는 사람은 없었다. 산림청이나 서울시에서 홍보하지 않으니 숲길체험지도사가 근무한다는 사실조차 모르는 사람들이 더 많았다. 출근하고 이곳저곳 어슬렁거리다 업무일지 작성하고 퇴근하는 게 전부였다. 솔직히 몸은 편했으나, 그러려고 일을 시작한 것은 아니었다. 무의미하게 소일만 하고 싶지는 않았다. 근무 자체가 자율이므로, 뭔가 의미 있는 일을 찾아 하고 싶었다.

고심 끝에 기획한 것이 건강 등산, 일명 살 빼기 등산 프로그램이다. 프로그램 참여자 신청을 받으면서 인원이 채워질까, 진행은 잘될까, 우려되고 조바심이 나기도 했다. 막상 뚜껑을 열고 보니 우려와는 달리 성황을 이루었다. 남는 시간에는 둘레길이나 등산로를 오가며 만나는 사람들에게 관악산에 대한 설명을 들려주었다. 또한 등산로의 미비점이나 개선할 점이 있으면 관악산 주무관에게 제안하여 개선토록 했다. 하루하루가 보람되고 즐거운 나날이었다. 내 인생 2막의 즐거움은 과연 언제까지 허락될까? 나는 일부러 그런 생각은 하지 않으려 애썼다. 그런데….

관악산에 비상이 걸렸다. 지난해 가을 마산 무학산 인적이 드문 등산로에서 50대 여성 등산객이 무참히 살해된 채 발견되어 충격을 준 일이 있었다. 그 후 한동안 잠잠하더니 올해 5월에 수락산에서, 6월에 사패산에서 비슷한 사건이 연이어 일어났다. 등산로 살인사건이 잊을 만하면 터지자 매스컴에서는 연일 톱뉴스로 보도하며, 가뜩이나 불안해하는 등산객들의 발을 묶어 놓았다.

관악산에서 사건이 일어난 것은 아니지만, 관악구청과 관악경찰서는 합동으로 '관악산 안전순찰대'를 출범시켜 순찰 활동에 들어갔다. 주 등산로는 물론 샛길 등산로까지 소상히 알고 있는 숲길체험지도사인 나는 자문위원으로 위촉되었다. 말이 자문위원이지 실제 하는 일은 순찰 활동을 원활히 할 수 있도록 등산로 자료와 상황을 수시로 제공하는 일이었다. 틈틈이 호수공원 앞에서 '인적이 드문 샛길 등산로 다니지 않기, 혼자 다니지 않기' 등 안전 캠페인도 벌였다. 타 지역에서 순찰대를 벤치마킹하러 오기도 하고 언론사에서 취재하러 오면 그때마다 안내도 했다. 순찰 활동은 3개월간 한시적으로 시작하였으나 등산객들의 반응이 좋아 6개월로 연장되었다. 그 바람에 야심차게 시작했던 나의 건강 등산 프로그램은 단 한 차례 시행을 끝으로 중단되고 말았다. 끝내 재개하지 못한 채 한 해가 저물어갔다.

돌이켜보면 2016년 한해는 산과 함께한 행복한 나날이었다. 월요일부터 금요일까지는 숲길체험지도사로 활동하고 주말이면 전국 방방곡곡 산을 찾아 헤맸다. 일 년 삼백육십오 일, 단 하루도 거르지 않고 산과 함께했다. 산이 아무리 좋다 해도, 사랑하지 않고서야 할 수 없는 일이다.

다만 한 가지, 시간에 매여 있다는 점이 못내 아쉬웠다. 근무 조건이 년 단위 계약직이므로 휴가조차 낼 수 없었다. 내가 좋아하는 일과 일터를 찾아냈지만, 거기에 묶이고 만 것이다. 과연 이런 생활을 진정한 인생 2막이라고 할 수 있을까? 평생을 목말라하던 나른한 여유와 내 멋대로의 자유는 어디에 있단 말인가?

고심을 거듭한 끝에 그 즐거움과 행복을 잠시 접어두기로 했다. 더 늦기 전에, 더 나이가 들어 체력이 고갈되기 전에 달콤한 백수 생활을 좀 더 맛보고 싶었다.

산으로 돌아가는 건 그 뒤로 미뤄도 늦지 않으리라. 산은 언제나 사람을 기다려주니까.

4부

고난의 능선

피하고 싶은 존재들

나뭇잎과 풀잎에 방울방울 맺혀있는 이슬이 아침 햇살에 반짝반짝 빛이 날 때, 그 모습보다 더 아름다운 광경이 있을까?

초록 향기를 내뿜는 나뭇잎이 솔솔 불어오는 바람에 살랑살랑 흔들릴 때, 그 숲길을 걷는 것보다 더 즐거운 일이 있을까?

산의 새벽은 신비로운 매력이 넘쳐난다. 새벽을 알리는 새들의 영롱한 노랫소리를 신호 삼아 오렌지 빛 여명이 스멀스멀 스며들고, 잠들어있던 온갖 나무와 풀, 바위, 산짐승과 풀벌레들이 일제히 기지개를 켜며 새로운 하루를 시작한다. 그 숨결에 반해 나는 종종 새벽 산의 품에 들어선다.

새벽 산길을 걷다 보면 금세 등산화와 바짓가랑이가 축축하게 젖어와 곤혹스럽다. 비가 와서 그런 게 아니라 밤새 나뭇가지와 풀잎에 맺힌 이슬을 털고 걸어서이다. 그러나 그건 약과이다. 한바탕 고역을 치러야 하는 것은 따로 있다. 잘 가꾸어진 숲길이 아니라 사람이 다니지 않는 호젓한 숲길에서 맞닥뜨리는 것, 바로 거미줄이다.

나무와 나무 사이에는 거미줄이 널려있으나 눈에는 잘 보이지 않는다. 무심코 걷다가는 몇 발짝 못 가서 뒤집어쓰기 일쑤이다. 그때마다 옷과 얼굴에 들러붙은 찐득찐득한 거미줄과 벌레들을 털어내고 떼어내야 한다. 그게 귀찮아 그냥 두면 근지럽기도 하고 옷 속으로 파고들어 물고 뜯고 야단법석이다.

거미줄은 거미의 사냥터이다. 사냥터를 만들기 위해 거미는 나무에 기어 올라가 맞은편 나무와의 거리, 바람의 방향과 속도를 측정하고 기다린다. 적당한 바람이 불어오면 꽁무니에서 실을 뽑아 바람을 타고 맞은편 나무로 점프한다. 그물을 쳐놓고 보이지 않는 곳에 숨어 있다가 먹이가 그물에 걸리면 잽싸게 달려 나와 꼼짝달싹 못하게 포박해놓는다. 그리고는 먹이를 우적우적 씹어 먹는 게 아니라 침으로 소화액을 주입해놓고 느긋하게 체액을 빨아먹는다. 날씬한 다리에 자태만 우아한 줄 알았는데, 어쩜 이리 식사 매너까지 우아할까.

그런 거미의 일거수일투족이 보고 싶어, 나뭇가지로 거미줄을 살짝 건드려봤다. 아니나 다를까, 진동을 느끼고 먹이가 걸려들었다고 판단한 거미가 어디선가 쏜살같이 달려와 두리번거리며 먹이를 찾는다. 아무것도 없자 고개를 갸우뚱하며 실망스러운 몸짓으로 되돌아간다.

문득 '스파이더맨'이 떠오른다. 평범한 고등학생이 방사능에 피폭된 거미에 물리고, 초인적인 거미인간이 되어 맨손으로 건

물을 기어오르고 손바닥에서 거미줄을 쏘며 건물과 건물 사이를 종횡무진 날아다니는 스파이더맨. 나도 거미에게 목덜미를 물린 적이 있지만, 아쉽게도 거미인간이 되지는 못했다. 따끔대고 가려워서 한동안 혼났을 뿐이다.

이 성가신 거미줄을 피하려면 어떻게 해야 할까? 힘도 들고 지체도 되고 귀찮기도 하지만, 스틱으로 '휘~휘' 저으며 가면 된다. 정말 위험한 존재들은 보이지 않는 곳에서 우리를 기습한다. 그중 하나가 벌이다.

벌은 유난히 여성을 좋아한다. 언젠가는 산행 중에 2명의 여성이 동시에 벌에 쏘였다. 여성들이 '미투'를 하면 어쩌려고, 남성들은 그냥 두고 여성만 골라 쏘았다. 세속을 떠나 산속에서 은거하다 갑자기 들이닥친 여성의 향기에 취했던 것은 아닌지 모르겠다. 한 여성은 벌침을 제거하고 산행을 계속했지만, 다른 여성은 그 부위가 퉁퉁 부어오르고 온몸에 두드러기가 나고 가려워 어쩔 줄 몰라 했다. 쇼크에 의하여 생명이 위태로울 수 있기에, 119에 구조를 요청해야만 했다.

벌보다 더 위험한 녀석도 있다. 이 녀석은 남녀를 구분하지도 않는다. 독이라는 강력한 무기로 무장하고 잘 도망가지도 않는다. 낙엽 쌓인 길에 낙엽 색깔로 누워있거나, 돌 틈에 돌과 비슷한 색깔로 숨어있는 야비한 녀석. 이 녀석을 밟거나 근처를 밟으면 물리는 수밖에 없다. 그런데 재미있는 것은 첫 번째 사람이 물리는 경우는 거의 없다. 첫 번째 사람에게 놀라면 바로 공격 태세를 갖추고, 이어 지나가는 두 번째나 세 번째 사람을 물어버린다.

언젠가 바위 봉우리를 기어오르고 있을 때였다. 손에 힘을 주어 바위를 잡고 몸을 끌어올렸는데, 아뿔싸, 뭔가가 눈앞에서 머리를 곧추세우고 빤히 나를 바라봤다. 누리끼리한 줄무늬에 쌍으로 갈라진 혀를 날름대며 여차하면 물어버리겠다는 투였다. 깜짝 놀라 하마터면 간담이 떨어지는 줄 알았다. 이 녀석도 몸을 이리저리 늘이고 일광욕을 즐기다가 갑자기 나타난 불청객에 놀라 당황하는 빛이 역력했다. 우린 서로 멍하니 바라보다, 사태 파악하고는 누가 먼저랄 거 없이 꽁무니를 뺐다. 그 녀석은 뒤쪽으로, 나는 올라가던 길을 되짚어 걸음아 나 살려라, 줄행랑을 친 것이다. 지금도 그때를 생각만 해도 간담이 서늘해지는 걸 보면, 그 순간 간이 떨어져 나가지는 않은 모양이다.

또 한 번은 산행을 마치고 마무리를 하던 중이었다. 개울에서 땀을 씻어내고 갈아입을 옷을 꺼내려고 무심코 배낭에 손을 넣으려는 순간, 뭔가 번들대며 꿈틀거리는 게 배낭에 걸쳐있었다. 등골이 오싹하고 식은땀이 났다. 겨우 정신을 차리고, 몇 걸음 물러서서 스틱으로 배낭을 두드려 이 녀석을 몰아냈다. 그로부터 잠시도 배낭을 열어두지 않는다.

녀석들은 이미 땅꾼이 사라진 것을 아는지, 예전과 달리 여기저기에 출몰하여 사람들을 기겁하게 만든다.

산은 우리에게 아름다움과 즐거움을 준다. 자연이 사람에게 주는 최고의 선물일 것이다. 그러나 그게 전부가 아니다. 그 이면에는 귀찮은 존재도 있고 위험한 존재도 있다. 정말 피하고 싶은 존재들이다.

숲속에서 무슨 소리가 들려오는 거 같다. 눈을 감고 귀를 기울여본다. 녀석들이 한목소리로 목청을 높여 아우성이다.

"우리가 귀찮고 위험한 존재라고? 그건 우리가 할 소리야. 우리는 너희 인간들이 무서워. 여긴 우리 구역이야. 함부로 들어오지 마!"

멧돼지의 항변

잊을 만하면 나타나 '나 여기 있소'라며 이목을 끄는 녀석들. 올해도 어김없이 나타나 자신이 건재하다는 존재감을 우리에게 심어주고 유유히 사라졌다.

이 녀석들이 농가는 물론 도심까지 출몰해 한바탕 소동을 일으키는 일이 잊을 만하면 나타나고 있다. 부산 도심에 출현하여 경찰이 쏜 총에 사살되는가 하면, 서울 종로 한복판에 180kg가량의 거구가 활보하다 사살된 적이 있다. 은평구에서는 지나던 택시와 충돌하여 택시가 부서지고, 한쪽 다리가 부러진 채 포획된 일도 있다. 북한산 자락 민가에 열두 마리가 집단으로 내려와 농작물을 쑥대밭으로 만들어놓고 사라지기도 했다. 그때마다 이 녀석들은 신문 방송 등 매스컴의 스포트라이트를 받는다. 자기들이 무슨 스타라고.

이런 일은 어제오늘만의 일이 아니다. 앞으로도 계속 일어날 수밖에 없다는 점에서 심각하다고 하지 않을 수가 없다. 피해 신고 건수가 한 해 500여 건이 된다고 하니, 이러다가 이 녀석들의 세상이 되는 것은 아닌지 모르겠다. 멧돼지들의 세상 말이다.

멧돼지가 옛날부터 많았던 것은 아니다. 일제강점기 때의 해수구제사업과 6·25전쟁을 거치면서 멧돼지는 거의 멸종 단계에까지 접어들었다. 그 후 산림녹화사업으로 숲이 울창해지면서 서식 환경이 좋아졌다. 호랑이, 곰, 표범, 늑대 등 상위먹이사슬이 사라지면서 최상위 맹수로 군림하고 있다. 암컷 한 마리가 한 해에 열 마리 안팎의 새끼를 낳으니 그 개체 수는 급증하기 시작했다.

나는 등산을 즐겨하기에 산에 자주 가는 편이다. 그런데 어느 산에 가든 멧돼지가 땅을 파헤쳐놓은 흔적을 보게 되는 일은 허다하다. 금방 파헤쳐놓은 듯 흙이 마르지 않은 곳도 많다. 진흙 목욕을 한 흔적과 나무에 몸을 비빈 흔적은 물론 묘지를 파헤쳐놓은 곳도 있다.

멧돼지와 마주친 적도 여러 차례 있다. 몇 년 전, 백두대간 박달령에서 선달산에 오르고 있을 때의 일이다. 어둠이 막 지나고 주변이 어슴푸레 보이기 시작할 무렵, 선달산 전위봉에 올라섰다. 그때였다. 난데없이 몇 걸음 앞에서 시커먼 물체가 '푸후~푸후' 소리를 내며 움직이고 있었다.

깜짝 놀라 걸음을 멈추었다. 온몸에 소름이 쫙 돋았다. 시커먼 물체는 멧돼지였다. 대충 봐도 100㎏이 넘는 거구이다. 땅을 파헤치고 있던 멧돼지도 갑자기 나타난 불청객에 놀란 표정이다. 멧돼지와 정면에서 눈이 마주치자 온몸의 털이 곤두서고 가슴은 쿵쾅댔다. 꽁꽁 얼어붙은 듯 발걸음도 떨어지지 않았다. 그 자리에 가만히 있을 수밖에 없었다.

그 순간 온갖 생각이 일고 스러졌다. 저 녀석이 공격해오면 어떻게 하지? 줄행랑을 칠까? 어림도 없다. 나무 위로 오를까? 주변에는 오를 만한 나무도 보이지 않는다. 스틱으로 대항할까? 스틱을 잡은 손에 힘이 들어간다. 그 상태로 얼마의 시간이 흘렀는지 모르겠다. 이윽고 멧돼지가 움직이기 시작했다. 촉각을 잔뜩 곤두세우고 있는 나를 모른 체하고 슬며시 내 옆을 지나 사라져갔다. 사라져갈 때까지 삼사 분의 극히 짧은 시간이었지만, 얼마나 길게 느껴졌든지 '일각여삼추(一刻如三秋)'란 말이 실감되었다.

그때 만약 당황하여 소리를 지르거나 쫓기 위해 위협을 가하는 행동을 했더라면 어떻게 됐을까? 결코 무사하지 못했을 것이다. 그럴 경우 그 녀석은 자극을 받아 흥분하여 공격해오기 때문이다. 등을 돌려 도망갔더라면? 금세 따라잡혔을 것이다. 시속 50㎞의 달리기 선수이기 때문이다. 멧돼지와 마주쳤을 때 대처요령은 그저 그대로 지켜보는 것이다. 무의식중에 나는 그 요령을 지킨 셈이다. 그랬더니 공격해 오지 않았다. 오히려 길을 비켜주었다.

불현듯, 사람과 비교되었다. 멧돼지는 이유 없이 공격해오지 않는데 사람은 그러하지 않은 경우가 있다. 아무런 이유 없이 시비를 걸거나 살인까지 하는, 멧돼지만도 못한 인간이 더러 있다.

모든 생명체의 아기는 귀엽듯이 아기 멧돼지도 무척 귀엽다. 아기 멧돼지들이 어미의 뒤를 졸졸 따라다니는 모습을 보면, 어미는 무섭지만 아기들은 상상 이상으로 귀엽다. 호남정맥을 산행하고 있을 때이다. 봉우리에 올라 잠시 땀을 닦으며 쉬고 있는데, 숲속에서 '부스럭~' 소리가 나더니 뭔가 내 앞으로 불쑥 뛰어 올라왔다. 깜짝 놀라 바라보니, 아기 멧돼지다. 아기 멧돼지는 나를 보고 눈동자를 한두 번 껌벅이더니, '꽤액~' 소리를 지르며 봉우리 아래로 줄행랑을 쳤다. 순식간에 놓쳐버린 모습이지만, 아기 멧돼지는 정말 귀여웠다. 얼룩줄무늬가 남아 있는 앙증맞은 모습은 안아주고 싶을 정도였다.

멧돼지는 깊은 산 활엽수 우거진 숲속에서 살기를 좋아한다. 먹이가 많기 때문이다. 잘 발달된 코와 앞발을 이용하여 땅을 파헤쳐 땅속에 있는 식물이나 나무의 뿌리, 곤충, 지렁이, 도토리 등 아무거나 가리지 않고 잘 먹는다. 멧돼지가 땅을 파헤치는 덕분에 땅도 숨통이 트이고 잠자던 씨앗들도 깨어난다. 먹기만 하는 게 아니라 숲을 가꾸기도 하는 것이다.

하지만 먹이가 절대적으로 부족하면 깊은 산에서 야산으로, 야산에서 농가나 도심으로 먹이를 찾아 내려올 수밖에 없다. 멧돼지가 농작물을 습격하는 것은 농사를 지으려고 하는 것이 아니다. 도심을 습격하는 것은 쇼핑을 하려고 하는 것이 아니다. 사람을 습격하는 것은 사람과 친해지려고 하는 것이 아니다. 단지 먹고 살아가기 위해서다.

이는 우리에게도 일말의 책임이 있다. 자업자득인 셈이다. 가을이 되면 도토리나 밤 등을 주워오기 위해 많은 사람이 산에 들어간다. 도토리나 밤 등은 사람이 먹기도 하지만 멧돼지나 야생동물의 주요 먹이다.

야생동물에게 양보할 것은 양보해야 한다. 수시로 산에 들어가 그들의 먹거리를 탈탈 털어오면서, 먹이를 찾아 내려온 멧돼지를 보고는 이게 웬일이냐고 놀라서 수선을 피우는 사람들.

오늘도 멧돼지의 걸걸한 항변이 들려오는 듯하다.

"배가 고파 죽겠는데 어쩌라고요?"

어이구, 무릎이야

왜 나에게 이런 일이 일어났을까? 벌을 받은 것일까? 곰곰이 생각해봐도 벌 받을 짓은 하지 않았다. 환경을 파괴하거나 자연을 훼손한 일도 없다. 그렇다고 부정탈만한 언행을 한 것도 아니다. 더구나 불순한 생각은 티끌만큼도 품지조차 않았다. 죄가 있다면, 아직 마음은 청춘이어서 아름다운 여성을 보면 힐끔힐끔 눈길이 가고는 했는데, 그것도 죄가 된 것일까?

지난해 5월 첫 주말, 경남 합천과 산청의 경계에 있는 황매산에 등산을 갔다. 정상에 오르고 순결바위능선으로 하산 길에 들어 바위 내림 길에 이르렀다. 살펴보니 바위의 길이는 대략 3미터 정도 되는 듯했다. 경사도가 60도 정도여서 불안하기는 했으나 우회 길을 찾기도 번거롭고 그대로 내려가도 될 듯 싶었다. 몇 발짝 내려갔을까, 바위를 밟은 등산화가 '치지지~' 소리를 내며 미끄러져 내려가는가 싶더니, 눈에서 번갯불이 번쩍 튀겼다. 그야말로 눈 깜박할 순간이었다. 모자가 찢기고 머리가 혹처럼 솟아올랐다. 볼과 귀, 엉덩이, 무릎에서 피가 배어 나오고 쓰라렸다. 다행히 상처는 깊지 않았다. 약을 바르고 보름 정도 지나자 혹도 가라앉고 상처도 아물었다. 하지만 무릎 통증은 여전했다.

정형외과에 갔다. 무릎 내측 인대가 찢겼다며 약을 먹고 물리치료를 받으라고 한다. 일주일간 치료를 받으니 조금 회복되는 듯했다. 대수롭지 않게 생각하고 주말에 또 산에 갔다. 그러다 보니 절룩거릴 정도로 악화되었다.

다음날 바로 한의원에 갔다. 지인이 침 치료가 좋다고 적극 권유해서다. 산행을 함께하는 대원 중에도 명의로 알려진 한의사가 있다. 그곳에 찾아가고 싶은 마음 굴뚝같았으나 거리가 꽤 멀어 치료를 받으러 계속 다니기에는 쉽지 않을 것 같았다. 망설이다 가까운 동네 한의원에 갔다.

한의사에게 사고 경위를 설명하니, 무릎 안쪽 아픈 곳을 정확히 짚으며 4~5주 정도면 치료가 된다기에 바로 치료를 시작했다. 온찜질을 하고, 전기마사지 치료를 받고, 부항을 뜨고, 뜸과 침 치료를 받았다. 봉침 치료도 추가했다. 치료할 때마다 절대 산에 가면 안 된다고 다짐을 두기에, 산에도 가지 않았다. 빠른 치료를 위해 온찜질을 해주면 좋다고 하기에, 틈나는 대로 온찜질을 했다. 얼마나 열심히 했는지 무릎 부위에 저온 화상을 입을 정도였다.

한의원에 들어서면 한약장에서 풍겨 나오는 한약 냄새가 그렇게 좋을 수가 없다. 또한 어린 시절을 떠올리게 한다. 아버지가 한약을 지어주시면 어머니는 약탕에 푹 달여 베주머니에 짜서 대접에 담아 오셨다. 한 모금 마시고 쓰다고 얼굴을 찌푸리면 사탕 하나를 까 입안에 쏙 넣어주셨다. 사탕 먹는 게 좋아 쓰디쓴 한약 먹기를 은근히 기다리고는 했다.

한의사가 자신했던 대로 5주 동안 산에 가지 않다 보니 하체 근육이 모두 빠져나가는 듯했다. 다리 힘이 떨어지고 온몸이 근질대어 견딜 수가 없었다. 답답하기도 했다. 어느 정도 치료가 되었는지 확인해 볼 겸해서 대체로 평탄한 서울 둘레길을 걸어봤다. 무릎보호대를 착용했음에도 통증이 심하고 퉁퉁 부어올랐다. 더딘 치료에 마음이 갑갑해서 견딜 수 없었다.

다시 모 정형외과에 갔다. 인대가 찢겼다고 하는 것은 어디서나 같았다. 무릎에 물이 찼다며 주사기로 누런 물을 뽑아냈다. 통증완화 주사를 맞고 물리치료를 받고 약을 처방받았다. 열흘 정도 치료 받자 통증도 사라지고 다 나은 듯했다. 산으로 달려가 걸으니 또다시 통증이 느껴졌다. 풀리겠지 하는 막연한 생각에 절름발이 걸음으로 산행을 계속했다. 풀리기는커녕 더욱 악화되어 평지 걷기에도 힘들어졌다. 다시금 무릎에서 물을 빼내야만 했다.

"산에는 가되 무리하지는 마세요. 통증이 있으면 치료를 받으세요."

의사의 지극히 당연한 말을 따르려고 무릎보호대를 하고 조심조심 10km 내외의 단거리 산행만 했다. 그러다 보니 산행을 한 거 같지도 않고 몸도 마음도 처지기만 했다. 장거리 산행을 하지 않을 수가 없었다.

불안한 마음을 안고 다시 지맥 산행에 나섰다. 대원들과 함께 지맥 길을 걷기는 1년 만이다. 산행을 함께하는 한의사가 내 얘기를 듣더니, 팔과 머리에 침을 꽂아주며 무릎보호대를 풀고 하라는 것이 아닌가. 반신반의하며 무릎보호대를 풀고 침을 꽂은 채 산행을 했다. 산행 중은 물론 산행 후에도 거짓말같이 통증이 느껴지지 않았다. 화타의 손길인가, 신통하기만 했다. 한의사는 산행 중 대원들이 쥐가 나거나 몸 상태가 좋지 않으면 침 치료를 해준다. 고맙고 감사한 일이다. 이제는 장거리 산행을 해도 마음이 놓인다. 명의가 곁에 있기에, 여차하면 침을 꽂으면 되기에 안심이 된다.

그날의 사고는 바위가 비에 젖어 미끄러운 것을 간과한 자만심이 화를 불러일으킨 것이다. 더 조심했더라면, 더 겸손했더라면, 이제 와서 후회한들 무슨 소용이 있단 말인가? 그나마 다행인 것은 사고를 당한 지점이 순결바위 직전에 있는 바위라는 점이다. 만약 순결바위에서 사고를 당했더라면 평소 사생활이 문란한 사람으로 낙인찍히지 않았을까? 순결바위는 바위 끝부분이 갈라져 있는데, 사생활이 순결치 못한 사람이 이 바위틈에 끼면 빠져나오지 못한다는 전설이 깃들어있다. 순결바위가 아닌 것만으로도 위안으로 삼아야 하는 것은 아닌지.

나이를 먹어가면서 걱정하는 것은 머리카락이 희어지는 것도, 주름살이 늘어 쭈글쭈글해 지는 것도 아니다. 오직 다리와 무릎이 부실해질까 봐 걱정이다. 두 발로 걷지 못하면 '산꾼'인 나로서는 죽은 목숨이나 다름없지 않은가.

　와사보생(臥死步生)! 누우면 죽고 걸으면 산다는 말이다. 살기 위해서는 걸어야 하고 산에 가기 위해서는 무릎이 튼튼해야 하는데….

　어이구, 무릎이야.

미쳤거나, 중독되었거나

세상에는 별의별 중독자가 많다. 알코올에 중독된 사람, 도박에 중독된 사람, 마약, 폭력, 운동, 게임, 스마트폰, 인터넷, 쇼핑, 성형 등등 온갖 것에 중독된 사람들이 수없이 많다. 무엇에건 한번 중독이 된 사람은 그 재미에 점점 빠져들어 나중에는 제 몸을 해치면서까지 탐닉하는 미치광이의 지경까지 이른다. 혹시 나도 그중 한 사람이 아닐까? 미쳤거나, 중독되었거나.

지난 주말은 무척 바빴다. 토요일에는 예식장에, 일요일에는 갑자기 문상을 다녀왔다. 봉투로 인사를 대신할 수 없는 자리여서 직접 눈도장을 찍다 보니 산에 가지 못했다. 20여 년 동안 주말 산행에 길들여져서인지, 토요일이나 일요일에 산에 가지 못하면 일주일 내내 사지가 근질대고 어떤 일에도 의욕이 생기지가 않는다. 마치 삼복더위에 입술에 묻은 밥풀떼기처럼, 그저 만사가 귀찮고 온몸이 나른하기만 하다. 기어이 산에 다녀오지 않고는 벗어날 길이 없는 나른함이다. 그런데 시계를 보니 벌써 밤 9시. 스스로 묻고 스스로 답한다.

"이제 어떡하지?"

"뭘 어떡해. 지금이라도 갔다 와야지."

이 시간에 갈 곳이라고는 관악산밖에 없다. 눈을 감고도 길을 잃을 염려가 없고 가장 가깝기도 하다.

주섬주섬 배낭을 꾸린다. 헤드랜턴과 스틱, 물 2병, 양갱, 그리고 산행 후 갈아입을 옷이면 충분하다. 그러다 사고라도 나면 어떻게 하느냐, 무섭지도 않느냐는 아내의 잔소리를 뒤로하고 집을 나선다.

관악역에서 등산로에 들어선다. 주위는 인기척 하나 없이 어둠 속에 잠들었다. 학우봉을 막 지나 잠시 나아갔을까, 저만치 삼막사 갈림길에서 시퍼런 불빛 두 개가 나를 노려보고 있다. 깜짝 놀라 걸음을 멈췄다. 등에서 식은땀이 주르르 흘러내린다. 호랑이나 늑대나 표범이 있을 리는 없고, 저게 뭘까? 짐승은 짐승인데 어떤 짐승인지 감이 잡히지 않는다. 터질 듯이 팽팽한 긴장감 속에 한발 한발 앞으로 나아간다. 마침내 헤드랜턴 불빛에 모습을 드러낸 건 누리끼리한 중간 덩치의 개다.

개는 물러설 기미를 전혀 보이지 않는다. 뾰족한 어금니까지 드러내고 조금만 더 다가오면 물어뜯을 기세로 '크르릉' 대며 나의 일거수일투족을 주시한다. 그렇다고 내가 물러설 수는 없다. 여기서 물러서면 게임 끝이다. 기 싸움을 하는 수밖에 다른 방법이 없다. 나도 모르게 스틱을 잡은 손에 힘이 들어가고, 시선을 개에게 고정하고 5미터 앞까지 접근하자, 개는 나에게서 눈을 떼지 않은 채 뒷걸음으로 삼막사 쪽으로 몇 걸음 물러선다.

개에게 길을 양보 받고 걸음을 재촉해보지만 마음이 영 편치가 않다. 산중에서 개를 기를 리는 만무하고 누군가가 기르다가 버린 유기견이라는 생각이 들어서이다.

내가 알기로는 이런 개들이 이곳 관악산에만 20여 마리가 살아가고 있다. 등산객들의 불안감이 커지고 위험하다는 민원이 빗발치자 관할 구청에서는 포획 틀을 설치했다. 그러나 이를 알아차린 개들은 영악하게 피해 가고 엉뚱한 다람쥐나 새들이 유인용 먹이를 차지한다. 어쩌다 유기견이 잡힌다 해도 동물 생명권 운운하며 풀어주는 사람들이 있어 골머리가 아프다고 한다.

학바위 능선에 들어선다. 숲속에서 산새 한 마리가 '푸드득' 날갯짓하며 하늘로 날아오른다. 새에게는 분명 내가 불청객일 터, 때 아닌 인기척에 얼마나 놀랐을까? 본의 아니게 새의 잠자리에 뛰어든 건 아닌지, '새야, 미안하다'라는 말이 저절로 나온다.

어느새 연주대 정상이다. 밤이 깊어서인지 오늘따라 별빛이 유난히 밝게 깜박인다. 발아래에는 서울시가지가 한눈에 보인다. 그 많던 사람과 도시의 소음, 복작대던 거리는 모두 자취도 없이 사라지고 도심의 불빛만 외롭게 반짝인다. 나는 잠시 생각해본다. 어쩌면 나는 내가 속해있던 도시의 속된 불빛을 멀리서 아련히 내려다보고자 이 시각에 산에 올랐던 건 아닐까?

답은 모른 채, 사당 능선으로 하산 길에 들어선다. 마당바위 근처에 이르자 형체를 알 수 없는 무언가가 퍼런빛을 뿜어내며 숲속 여기저기에서 숨바꼭질하듯 나타났다가 사라지고 사라졌다가 다시 나타나기를 거듭한다. 설마 도깨비불은 아닐 테고, 이건 또 뭐야? 한두 마리도 아니고, 덩치가 작은 것으로 봐 고양이가 틀림없다. 고양이도 개와 마찬가지가 아닐까? 버려진 고양이들이 주택가에서 번식하고 살아가면 길고양이가 되고, 산에서 번식하고 살아가면 들고양이가 된다던데.

저만큼 앞에서 헤드랜턴으로 길을 밝히고 누군가가 성큼성큼 올라온다. 어둠 속에서 갑자기 나타난 사람이 아니어서 그나마 마음이 놓인다. 그 사람과 스쳐 지나며 고양이들이 많다고 하니, 올 때마다 봐서 괜찮다고 한다. 사실 야밤에 산짐승과 마주치는 것은 그리 무섭지 않다. 자극만 하지 않으면 산짐승이 먼저 사람을 공격하지 않는다. 산짐승과의 만남보다 오히려 사람과 마주치는 게 더 섬뜩하다. 익명 속에 숨어 짐승만도 못한 짓을 저지르는 게 사람이니까.

얼마 후 또 한 사람이 스쳐 지나간다. 그들은 누구일까? 무엇을 하며 살아가기에 심야에 산에 오르는 걸까? 도시의 바쁜 일상 속에서 시간을 쪼개고 쪼개어 살아가는 사람들일 터인데,

알 수 없다. 나처럼 중독된 사람들이 아닌지.

문득 이웃집 아저씨 생각이 난다. 그는 60대 초반의 나이임에도 마라톤을 즐기는데, 무릎 연골이 다 닳았다는 진단을 받고도 그만두지 못한다. 어느 날 반바지 차림에 막 집을 나서는 그와 마주쳤다.

"또 달리러 가세요?"

"예, 한 바퀴 돌고 와야 잠이 와요."

"무릎은 괜찮은가요?"

"의사는 당장 그만두라고 하는데, 그만둘 수가 없네요."

숨이 턱까지 차오르는 고통 속에서 계속 달리다 보면 도파민이 분비되어 짜릿한 쾌감과 도취감을 느낀다. 이른바 '러너스 하이' 때문에 빠져나올 수가 없는 것이다. 이게 바로 중독이 아니고 무엇이랴. 어이쿠, '똥 묻은 개가 겨 묻은 개 나무란다.'더니, 내가 바로 그 격이 아닌가. 나야말로 입이 열 개라도 할 말이 없다.

사당역에 내려서니 밤 1시 30분. 십 년 묵은 체증이 내려간 듯 몸도 마음도 후련하다. 이제 일주일은 편안하게 보낼 수 있을 것 같다.

관악산의 밤은 온통 비정상으로 꿈틀대고 있다. 유기견, 유기묘, 그리고 야밤에 산에 오르는 사람들과 나, 모두 정상이 아니다. 미쳤거나, 중독되었거나.

악마와 천사의 대결

일기 예보가 맞았다. 어제와 오늘, 전국적으로 많은 비가 오 겠다더니 어제 저녁부터 내리기 시작한 비는 여태 쉼 없이 내 리고 있다. 이것 참, 되돌아 갈수도 없고…

온달단맥 산행을 하기 위하여 단양 어의곡리 새밭등산로 입 구에 이른 건 평소보다 조금 이른 새벽 2시 20분. 우의를 입고 산행을 위한 만반의 준비를 했으나, 비가 그칠 기미는 좀처럼 보이지 않는다. 비가 온다고 산행을 포기할 수는 없고 그렇다 고 잦아들기를 마냥 기다릴 수도 없다.

새벽 3시, 칠흑 같은 어둠 속에서 빗속을 뚫고 등산로에 들어 선다. 쏟아지는 비에 헤드랜턴의 불빛조차 겨우 등산로만 분간 해줄 뿐이다. 우의를 착용했으나 거칠 것 없이 몰아치는 비바 람에는 속수무책이다. 단 몇 분 만에 허벅지까지 젖어왔고 빗 물은 바지를 타고 흘러내려 등산화까지 찌걱대기 시작한다. 어느새 속옷까지 흠뻑 젖어 온몸에 물이 줄줄 흐르고, 빗물에 젖은 바지는 걸음을 옮길 때마다 다리에 달라붙은 채 감겨온다.

설상가상으로 얼음물에 샤워한 듯 한기가 들기 시작한다. 우중 산행을 한두 번 하는 것도 아닌데, 오늘따라 산행을 포기하고 싶은 생각이 간절하게 인다. 하지만 마음속 한구석에서는 절대 포기하면 안 된다는 생각이 솟구치기 시작한다. 포기하느냐 마느냐, 하느냐 마느냐… 마치 악마와 천사가 치열한 다툼을 벌이고 있는 듯하다. 그 다툼은 좀처럼 승부가 나지 않는다. 조금만 더 조금만 더, 한 발 한 발 오르다 보니 어느새 늦은맥이재이다. 여기까지 오는 동안 악마와 천사의 싸움을 잠재우는 데만 몰두하느라 무슨 길을 어떻게 왔는지조차 모를 지경이다.

아침을 먹어야 하는데, 비가 그치지 않아 난감하다. 비가 온다고 아침을 먹지 않을 수는 없다. 자칫 탈진할 수도 있기 때문이다. 비닐을 나뭇가지에 고정시켜 천막처럼 쳐놓았으나 몰아치는 빗줄기는 피할 수가 없다. 엉거주춤 앉아 먹기도 하고 서서 먹기도 한다. 도시락까지 빗물이 뿌려져, 어쩔 수 없이 빗물에 밥을 말아 먹는다.

아침을 먹으며 멈춰 있다 보니 온몸이 사시나무 떨리듯 덜덜 떨려온다. 일행이 내 얼굴을 보더니 백지처럼 하얗고 입술이 파랗다고 한다. 이는 전형적인 저체온 증세다. 아닌 게 아니라 이러다 죽을 수도 있을 것만 같았다.

저체온증은 추운 겨울에만 일어나는 것이 아니다. 오늘같이 습하고 바람이 많이 부는 여름에도 일어난다. 체온이 33도 이하로 떨어지면 끝장이다. 근육이 경직되고 졸음이 몰려오며 판단력이 떨어진다. 그대로 두면 바로 사망에 이르게 된다. 시작부터 사망까지 2시간밖에 걸리지 않고, 스스로 죽는 줄도 모르고 큰 고통 없이 죽는 게 저체온증이다. 죽는 사람 입장에서 보면 어쩌면 다행이라고 해야 할지도 모르겠다.

이제 어떡하지? 저체온증에서 벗어나려면 체온을 끌어 올려야 하는데, 그러려면 젖은 옷부터 갈아입어야 한다. 젖은 옷은 마른 옷보다 몸의 열을 240배 빨리 빼앗아 가기 때문이다. 배낭 속에 마른 옷이 있지만 지금은 그럴 수도 없다. 그래봤자 금세 다시 젖을 것이기에, 이 상태에서 할 수 있는 것이라고는 계속 몸을 움직여주는 수밖에 없다. 나뿐만 아니라 일행 모두가 힘들어한다. 일행 중 4명은 아침 식사 후 탈출을 감행한다. 탈출하는 일행을 보며 나도 그들과 함께 탈출하느냐 마느냐, 하느냐 마느냐… 또다시 악마와 천사가 한 치의 양보 없이 싸움을 벌인다.

몇 년 전 근교 산행에 나섰다가 어느 산정에 적혀있는 시 한 편이 가슴에 와 닿았던 적이 있다. 누구의 시인지는 모르겠으나, 문득 그 시가 떠오른다.

숲속 나무들의 봄날 약속은 다 같이 초록 잎을 피워내는 것.
숲속 나무들의 여름 약속은 다 같이 우쭐우쭐 키가 크는 것.
숲속 나무들의 가을 약속은 다 같이 곱게곱게 단풍드는 것.

숲속 나무들의 겨울 약속은 다 같이 눈보라를 견뎌내는 것.

　그렇다. 오늘의 비와 저체온증을 견뎌내야만 한다. 아침 식
사를 '게 눈 감추듯' 하고, 서둘러 자리에서 일어선다. 한동안
뛰다시피 나아가다 보니, 몸이 서서히 진정된다. 신선봉을 지
나 민봉에 오르자 빗줄기가 다소 가늘어지기 시작하더니, 뒤시
랭이문봉에 오를 즈음 이슬비 정도로 약해진다. 추위는 온데간
데없이 사라지고 땀이 나기 시작한다. 이제 살 것만 같다.

　목적지인 구인사에 이르자 무사히 끝났다는 안도감에 전신
이 무겁게 가라앉는다. 일행 모두 지쳐있는 모습이 역력하다.
다들 장딴지, 무릎, 허리, 등, 목까지 뻐근하지 않은 곳이 없다
고 푸념한다. 산행을 마치고 찌걱대는 등산화를 벗으니 발이
퉁퉁 불어 있고, 장갑을 벗으니 손이 하얗게 불어 쭈글쭈글하
다. 하지만 마음은 날아갈 듯 상쾌하다.

　날씨는 얄밉게도 산행을 마치고 귀가하는 버스에 오르자 언
제 비가 왔느냐는 듯 구름 사이로 눈부신 해가 얼굴을 내민다.
잠시 시선을 돌려 지나온 산을 바라본다. 자욱했던 비구름은
어느새 팔부능선까지 걷혀있다. 바람에 날려 빠른 속도로 걷히
고 있는 비구름의 모습이 가히 환상적이다.

　누군가가 오늘 산행하면서 무엇을 보았느냐고 묻는다. 가만
히 생각해보니, 비를 보았고 비가 그쳤을 때 피어오르는 안개
를 보았다는 것 외에는 답할 수 있는 것이 아무것도 없다. 그러
나 끝내 포기하지 않고 묵묵히 한 걸음 한 걸음 나아가 목표 지

점에 도달했다. 악마가 아닌 천사의 완승.

　우리네 삶도 이와 마찬가지가 아닐까? 살아오면서 하기 싫다고 하지 않았거나 힘들다고 포기한 일이 얼마나 많았던가. 다음에 해야지 또는 더 좋은 조건에서 해야지, 하며 미루다가 결국 하지 못하고 가지 못한 일이 꽤 많다. 그러나 일단 시작하고 볼 일이다. 포기할까 계속할까를 머리로만 계산하지 말고 가슴속 천사와 악마가 치열하게 다투게 해야 한다. 둘이 다투는 동안 나는 한 걸음 한 걸음 나아가면 된다. 그러다 보면 목표 지점이 훨씬 가까이 다가온다. 나의 우직한 걸음걸이가 마음속 천사를 도우면 악마는 스르르 물러간다.

방심의 순간

모든 취미활동은 즐거움으로 시작하는 것이다. 하지만 그 즐거움이 끝까지 유지된다는 보장은 없다. 등산도 마찬가지이다. 산행 중 사고가 나면 즐거움은 고사하고 자책만 남긴다.

남양주시에 있는 천마산에 등산을 갔다. 무사히 정상을 밟고 하산 길에 들어섰는데, 등산로에 울퉁불퉁 박혀 있는 돌을 잘못 밟았다. 순식간에 그대로 옆으로 쓰러졌다. "악~", 나도 모르게 신음 소리가 튀어나왔다. 발목 인대가 끊어진 것이다. 하산 길이 얼마 남지 않은 지점이니 망정이지, 그렇지 않았으면 헬기라도 불러야 했을 것이다. 일행들이 배낭을 메어주고 부축해주어 어렵게나마 하산할 수 있었다.

그런데 가만히 생각해보면, 내가 발을 헛디딘 지점은 사고가 날 위험한 지점이 아니었다. 조금만 조심했어도 사고는 일어날 수 없는 완만한 길이다. 단지 술에 취해 있었을 뿐이다. 마지막

까지 긴장의 끈을 놓지 않아야 하는데 술에 취해 그만 방심(放心)한 것이 화근이었다.

그 일이 오히려 전화위복(轉禍爲福)이 되었다고 할까. 나에겐 술을 끊는 계기가 되었고, 산과 사랑에 빠질 수 있었으니 말이다.

그 후 산악 사고는 백두대간을 종주하면서 한 번 더 일어났다. 삼도봉 정상을 지난 완만한 능선 길에서, 일행과 대화를 나누며 걷다가 발 앞의 돌에 그만 발이 걸렸다. 손쓸 겨를도 없이 그대로 앞으로 넘어졌다. 자로 잰 듯 돌이 있는 곳에 얼굴이 떨어졌다. '퍽~', 소리가 크게 났다. 얼굴뼈가 깨진 줄 알았는데, 다행히 선글라스가 박살이 나면서 소리가 크게 난 것이다. 일행이 모여들어 일으켜 세웠다. 오른쪽 눈썹 부위가 찢겨 피가 흘렀다. 응급 처치를 했으나 피는 계속 흘러내렸다. 산행을 멈추고 탈출해야할 상황이었으나 탈출로도 없다. 손수건으로 누르며 산행을 계속할 수밖에 없었다. 지금도 오른쪽 눈썹 부위에는 상처의 흔적이 고스란히 남아있다.

그 흉터를 백두대간이 나에게 준 훈장쯤으로 여기긴 하지만, 사고의 기억은 여전히 아찔하다. 그 후로도 몇 차례의 작은 사고가 더 있긴 했다. 돌에 발이 걸려 고꾸라지기도 하고, 발을 잘못 디뎌 사면으로 구르기도 하고, 미끄러져 엉덩방아를 찧기도 했다. 모두 방심의 순간이 낳은 결과이다.

산악 사고는 나만의 일이 아니다. 누구에게나 일어날 수 있는 일이다. 설악산 미시령에서 황철봉에 오르는 너덜지대는 국내 최대의 너덜지대이다. 크게는 집채만 한 바위에서 작게는 냉장고만 한 바위까지 크고 작은 바위가 끝없이 누워있는데, 바위와 바위 사이의 틈이 마치 하마가 입을 떡 벌리고 있는 듯하다. 어둠과 정적만이 가득한 새벽 3시, 헤드랜턴으로 길을 밝히며 네 발로 기다시피 하며 나아가고 있었다. 그때 "으악~", 날카로운 외마디 비명소리가 날아왔다. 누군가 바위 사이 틈에 빠져 다리가 부러진 것이다. 이 사고도 방심의 순간이 낳은 결과이다.

요즘엔 스마트폰 때문에 사고가 일어나기도 한다. 스마트폰에 고성능 카메라가 장착되면서 누구나 언제 어디서든 사진이나 동영상을 손쉽게 찍는다. 나도 별다르지 않다. 수시로 스마트폰으로 사진을 찍는다. 그 손쉬움과 즉흥성이 사고로 이어지니, 대수롭지 않게 생각할 일이 아니다.

언젠가 산행 중 바위 전망대에 올라섰을 때이다. 일행 중 누군가가 사진을 찍고 무심코 돌아서는데, 그 순간 그가 메고 있던 배낭이 나에게 부딪쳤다. 나는 비틀거리다 겨우 중심을 잡았기에 망정이지, 하마터면 굴러떨어져 산길 대신 저승길로 직행할 뻔했다. 이처럼 안전을 최우선으로 생각해야 할 순간에도, 사람들은 사진을 찍어야겠다는 욕심에 주위를 게을리한다. 너무도 손쉽게 주위 담을 수 있는 풍경의 아름다움에 현혹되는 것이다.

한편으로는 스마트폰 없이 어떻게 산에 다녔나 싶게 요긴하게 쓰이기도 한다. 내 스마트폰에 깔아놓은 많은 앱 중 내가 애용하고 있는 것은 산악 지도이다. 이 앱만 열면 전국 산악 지도가 일목요연하게 한눈에 펼쳐진다. 산행 계획을 세우는 것은 물론, 계획대로 산행까지 하도록 도움도 준다. 산행하며 등산로, 현재위치, 시간, 거리, 속도, 고도, 등고선까지 모두 체크할 수 있으니 말이다. 등산로에서 10여m만 벗어나도 '경로이탈' 음성안내가 나오므로 길을 잘못들 염려도 없다. 예전에는 길이 분명치 않으면 지도와 나침반을 펼쳐놓고 독도를 해야 했고, 길을 잘못 들어 생고생하는 일도 적지 않았다. 이제는 주머니에 스마트폰만 넣고 다니면 모든 게 순조롭다. 그렇다고 수시로 들여다볼 수는 없다. 그러다가 자칫 헛발을 디딜 수 있으니까.

산에 자주 가다 보면 크고 작은 사고는 끊임없이 일어날 수밖에 없다. 그런데 그 사고의 주된 원인은 산이 품고 있는 위험이 아니라 인간의 부주의와 방심일 때가 더 많다. 완만한 등산로인데도 발을 헛디뎌 산사면 급경사로 구르기도 하고, 야간 산행을 하다 쏟아지는 졸음을 못 이겨 굴러떨어지기도 한다. 등산로가 미끄러워 넘어지는 경우는 수도 없이 많다. 특히 초봄 낙엽 쌓인 등산로는 낙엽 밑이 얼어있는 경우가 많아 위험천만하다. '아차' 하는 순간에 엉덩방아를 찧게 된다.

사고는 언제나 사람에게 달려있다. 산이 품고 있는 위험을 인간은 곧잘 얕본다. 위험한 곳에서는 주의하고 긴장하게 되므로 사고가 잘 일어나지 않는다. 오히려 위험하지 않은 곳에서 방심하고 긴장의 끈을 놓게 되므로 잘 일어난다. 부주의와 방심이야말로 사고의 지름길인 것이다. 산행을 마칠 때까지 주의하고 긴장을 늦춰서는 안 된다.

등산의 완성은 무사히 집에 돌아오는 것이라는 말을 기억하자.

낙엽이 지면

짙은 녹음으로 왕성함을 과시하고 색색으로 물들어 아름다움의 극치를 보여주던 나무는 찬 바람이 불어오면 미련 없이 잎을 떨구어 땅으로 돌려보낸다, 땅에 내려앉아 이리저리 나뒹구는 낙엽을 보며 사람들은 사색에 잠기거나 추억 속에 빠져든다. 하지만 나는 나도 모르게 눈앞이 아찔해지고 현기증이 나려고 한다. 어느 땐 기분이 씁쓸해지곤 한다.

낙엽이 지면 가장 먼저 떠오르는 곳은 칠성봉이다. 그곳은 생각만 해도 손에 땀을 쥐게 된다. 금수지맥 금수산에서 과게이재 방향으로 몇 개의 무명봉을 오르내리면 칠성봉에 닿는다. 그 봉우리에 오를 때는 큰 어려움이 없으나, 안부에 내려서려고 아래를 바라보면 눈앞이 아찔해지고 현기증이 나려고 한다.

내림 길의 경사가 70도 정도로 매우 급하고, 좌우를 둘러봐도 어느 한 곳 가파르지 않은 곳이 없다. 거기에 바닥은 모래

알갱이고, 그 위에 낙엽이 살짝 덮여있다. 낙엽 밑이 얼어붙은 것을 간과하고 발을 내디뎠다가 엉덩방아를 찧었던 적이 한두 번이 아니다. 모래 알갱이도 얼어붙은 거 못지않게 미끄럽다. 멋모르고 발을 내디뎠다가는 미끄러지기 십상이다. 까딱하다 미끄러지기라도 하면 밧줄은 물론 주변에 손으로 잡을 만한 바위도 나무도 없다. 멈추지도 못하고 끝없이 데굴데굴 굴러떨어질 것만 같다.

과연 내가 이 길을 내려갈 수 있을까? 믿을 거라고는 스틱과 두 발뿐이다. 몇 번을 망설이다 낙엽을 스틱으로 제치고 한발 내딛는다. 간담이 서늘해지고 식은땀이 난다. 또 낙엽을 스틱으로 제치고 숨을 크게 들이마신다. 그리고 다음 발을 내디딘다. 오금이 저리고 몸이 으스스해지며 더럭 겁이 난다. 되돌아가고 싶다는 생각이 간절하게 든다. 다행히 안부까지 내림 길은 100여m밖에 되지 않는다. 한발 또 한발, 용기를 내본다. 조심 또 조심.

안부에 내려서서 봉우리를 올려다보니, 삼각형 모양으로 오뚝 서 있는 게, 저걸 내가 어떻게 내려왔나 싶다.

낙엽이 지면 떠오르는 또 한곳, 그곳은 슬음산이다. 백두대간 소백산 제2연화봉에서 서쪽으로 뻗어나간 산줄기가 슬음단맥이다. 그 산줄기가 남한강에 꼬리를 내리기 직전에 우뚝 솟아있는 봉우리가 슬음산이다. 그 능선을 타고 산행을 하기 위해 단양 느티쟁이마을에 이른다.

산행 준비를 하며 산을 바라보니, 산줄기가 한눈에 들어오고 그리 험하게 보이지 않아 수월하게 산행할 수 있으리라 생각되었다. 시작은 예상대로 좋았다. 임도를 타고 편안하게 300여m를 나아가자 웬걸, 잡초와 가시덤불이 우거져 길 흔적조차 보이지 않는다. 다행히 잡초와 가시덤불은 겨울이 시작되면서 사그라들어 어렵지 않게 스틱으로 헤치며 나아갈 수 있었다.

만약 한여름에 왔더라면 이곳을 통과할 수 있었을까? 아마도 억지로 헤치고 나아가다 등산복이 찢기거나 찔리고 긁혀 여기저기 상처가 났을 것이다. 그렇지 않으면 엄두가 나지 않아 다른 길을 찾아 빙 돌아갔을 것이다. 계절이 바뀌어 사그라든 가시덤불을 보며, 모든 일에는 흥망성쇠(興亡盛衰)가 있다는 우주 만물의 이치를 다시 한번 깨닫는다.

정상에서 잠시 숨을 고르고, 하산 길에 들어선다. 하산 길은 경사가 심하지는 않으나 제법 가파른 편이다. 그러나 바위를 타고 넘어야 한다거나 낭떠러지가 있는 것이 아니어서 그리 위험하지는 않다. 등산로 옆 나무에 밧줄이 매여 있기에 가팔라서 그런 줄 알았다. 그런데 그게 아니다.

등산로에 낙엽이 바닥이 보이지 않을 정도로 두텁게 깔려 있는데, 밧줄이 없었더라면 어느 곳이 등산로인지 알 수조차 없다. 겨울 산에 낙엽이 없는 산이야 어디 있겠느냐만 이토록 많이 쌓인 산은 처음이다.

그런데도 '이쯤이야' 하며 대수롭지 않게 생각했다. 그 자만심은 단 세 걸음 만에 깨지고 말았다. 멋모르고 내디뎠다가 벌렁 나자빠졌으니 말이다. 다시 일어나 한발 한발 조심스레 나아간다. 발을 내디딜 때마다 들려오는 '빠샤샥~' 소리는 왜 그리 큰지 산속의 적막을 일거에 휘저어놓는다. 장님이 징검다리를 건너듯 스틱으로 발 디딜 곳을 더듬더듬 찾아 몸의 중심을 잡고 단단하게 발을 내디딘다. 그렇게 조심하고 또 조심하건만 다섯 걸음 만에 또 미끄러져 나자빠지고 말았다.

이러다 골병드는 것은 아닐까? 그러나 그럴 염려는 붙들어 매 놔도 좋을 것 같다. 낙엽이 워낙 두텁게 깔려 있어 푹신한 매트 위에 떨어지는 것 같아 아프지는 않다. 그렇다고 고집부릴 일이 아니다. 스틱을 접어 배낭에 넣고 밧줄을 잡는다. 밧줄을 잡았다 해도 발 디딜 곳이 보이지 않으니 발목까지 빠지는 것은 기본이고 종아리까지 푹 빠져들기도 한다.

정상에서 안부까지의 거리가 500여m에 불과한데, 그 500m가 5km가 되는 것처럼 길게 느껴진다. 다행인 것은 전 구간에 밧줄이 매여 있다는 것이다. 밧줄이 없었더라면 아마 수십 번은 넘어졌을 것이다. 또한 등산로를 찾지 못해 헤매었을 것이다. 밧줄을 매어놓은 사람이 누구인지, 그분께 감사의 인사를 드리고 싶다는 마음이 저절로 든다.

나의 가슴속에는 남에게 꺼내어 보여주기 부끄러운 생각 하나가 있다. 나는 젖은 낙엽을 보면 왠지 내 신세를 보는 것 같아 기분이 씁쓸해지고는 한다. 우리 집 앞 가로수는 버즘나무이다. 겨울이 다가와 낙엽이 지기 시작하면 쓸어내고 쓸어내도 계속 떨어지는 낙엽에 환경미화원 아저씨의 발걸음이 덩달아 바빠진다. 비가 내려 낙엽이 젖기라도 하면 바닥에 딱 달라붙어 쓸어도 쉽게 떨어지지 않는다. 이같이 젖은 낙엽을 '누레타 오치바'라고 한다.

일본 여인들은 은퇴 후 하는 일 없이 하루 종일 집에 붙어있는 남편을 아무짝에도 쓸모없는 귀찮은 존재로 여긴다. 쓸어다 버리려 해도 딱 달라붙어 떨어지지 않는 것이 젖은 낙엽과 같다고 하여 '누레타 오치바'라고 일컫는다. 우리말로는 '삼식이' 쯤 되지 않을까 싶다.

은퇴 후 하는 일 없이 밥이나 축내고 있는 나야말로 젖은 낙엽 같은 신세가 아닌지 모르겠다. 언제 한번 아내에게 물어봐야겠다. 아내는 뭐라 대답할까?

설명할 수 없는 일

산행을 하며 길을 잘못 들어 생고생한 적이 한두 번이 아니다. 그런 경험은 등산을 즐기는 사람이라면 누구나 하게 마련이다. 그런데 대체 이건 또 무슨 조홧속일까? 가도 가도 제자리로 돌아오니….

검단지맥 산줄기를 걷고 있을 때이다. 법화산에서 328봉을 지나 큰무등치고개에 이른다. 고개 바로 아래는 천주교 용인공원묘지이다.

여명이 얼마 남지 않은 이른 새벽, 시커먼 하늘이 갑자기 부옇게 바뀌면서 싸락눈이 바람에 실려 흩날린다. 주위는 아직 어둠에 싸여 있어 헤드랜턴으로 길을 밝힌 채 서둘러 발걸음을 내디딘다. 육칠 분 정도 나아갔을까, 보이지 않던 발자국이 눈위에 찍혀있다. 금방 찍힌 발자국으로 보이는데, 어디에도 인기척 하나 없다. '이상한 일'이라고 생각하며 주위를 둘러보니,

아까 그 큰무등치고개이다. 깜짝 놀라 살펴보니, 발자국도 싸락눈 위에 조금 전 내가 찍어놓은 내 발자국이다. 나는 분명히 앞으로 나아갔는데, 어딘가를 한 바퀴 돌아 제자리로 돌아온 것이다. 어찌된 일인지, 도통 감이 잡히지 않는다.

한숨 돌리며 물 한 모금 마시고 다시 앞으로 나아간다. 그런데, 어! 이게 뭐야? 또 한 바퀴 돌아 제자리로 돌아왔다. 참으로 귀신이 곡할 노릇이다. 한 번도 아니고 두 번씩이나 제자리에서 맴돌다니, 귀신에 씌었거나 도깨비에 홀리지 않고서야 이럴 수가 있을까. 이곳이 공원묘지라는 생각에, 갑자기 으스스한 느낌이 든다. 온몸에 맥이 쑥 빠져나가는 것 같고 다리 힘이 풀려 그대로 주저앉고 싶다. 그러나 이곳은 일반 공동묘지가 아니라 김수환 추기경과 가톨릭 성직자들이 잠들어 계신 곳이라는 점이 위안이 되었다. 그분들이 가톨릭 신자도 아닌 나를 부르지는 않을 테니까. 어쨌든, 이건 현실이 아니라고, 꿈속을 헤매고 있는 거라고 믿고 싶었다.

내가 귀신을 직접 본 적은 없지만, 세상에 귀신을 봤다는 사람은 적잖이 있다. 내가 아는 어느 산우는 산행 중 귀신과 맞닥뜨린 적이 있다고 한다. 안개가 자욱한 새벽에 산속에서 몇 발짝 앞에 서 있는 귀신과 마주쳤는데, 오싹 소름이 끼치고 으슬으슬 떨리긴 했으나, 귀신은 사람에게 해코지를 하지 않는다는 믿음에, 애써 못 본 척 무심한 척하며 지나쳤다고 한다. 귀신이나 산짐승보다 더 무서운 게 사람이라며, 오히려 사람과 마주치지 않은 게 다행이라는 생각을 했다고 한다.

도저히 설명할 수 없는 일이 일어났다. 그런데 이걸 어떻게 설명하지? 어설프게 얘기했다가는 농담하는 줄 알 텐데.

이 일은 내 마음속에 여전히 미스터리로 남아있다.

5부

희망의 능선

또, 새해를 맞이하며

　세월이 오고 감을 실감하는 한 해의 마지막 날이다. 마지막은 또 다른 시작을 낳는다. 그 새로운 시작을 맞이하러 길을 나섰다.

　시끄러운 도시를 뒤로하고 버스는 달린다. 자주 보는 산우(山友)도 있고 오랜만에 보는 산우도 있다. 정겹고 반가운 얼굴들이다. 잠시 인사를 나누고 잠을 청해보지만 잠은 오지 않는다. 버스 안과 밖의 기온 차로 습기가 차 유리창이 뿌옇다. 유리창을 닦아보았으나 보이는 것은 어둠뿐이다.

　시간은 어김없이 흐른다. 한 해의 마지막 페이지가 넘어간다. 내 생애의 또 한 해가 소리 없이 역사가 되어간다. 지난 한 해는 참으로 말도 많고 탈도 많은 해였다. 어느 해든 다사다난한 해가 아닌 적이 없지만 말이다.

　그 모든 사건과 화제들을 품고 한 해의 마지막 해가 바다로 몸을 던진다. 세상은 여전히 어수선하고, 온갖 사건의 씨앗이 발아하고 있을 터임에도, 아직 어둠 속에 잠긴 하늘과 바다와 섬은 고요하기만 하다.

섬과 육지를 연결하는 완도대교는 어부를 닮은 듯 수수하고 화려하지 않은 조명으로 어둠을 밝히고 있다. 다사다난했던 한 해를 보내느라 섬도 고단했던 것일까? 하얗게 잠들어 있는 완도는 노곤함에 지쳐 떨어진 얼굴이다.

대구리 마을에 이르러 버스는 우리 일행을 내려놓는다. 버스에서 내리자 시원한 바닷바람이 반갑게 마중한다. 춥지 않을까 걱정했지만 기우에 불과하다. 바다에서 불어오는 짭짜름한 냄새가 온몸을 감싸며, 자는 둥 마는 둥하며 쌓인 피로마저 풀리게 한다.

이른 새벽 낯선 이방인들의 움직임에 개들이 잠을 깨어 짖어댄다. 헤드랜턴으로 길을 밝히며 등산로에 들어선다. 한동안 오르다 보니 땀방울이 볼을 타고 흐르고 어느새 셔츠까지 축축해진다. 포근한 날씨 덕분이다. 어둠 속에서 커다란 바위 봉우리가 앞을 가로 막는다. 쉼봉이라 부르기도 하는 심봉이다. 봉우리에 서서 어둠에 잠든 바다를 바라본다. 멀리 마을에서 달려온 불빛들이 수면 위에서 반짝인다.

상황봉 정상에 오르자 산과 바다가 막 기지개를 켜기 시작한다. 멀리 수평선 끝자락이 벌겋게 달아오르며 어둠에서 깨어난다. 하늘에는 비행기가 날아간 듯 하얀 포물선이 그려져 있다.

차가운 새벽바람이 옷 속을 파고든다. 다시 겉옷을 꺼내 입고 웅크리고 앉아 일출을 기다린다. 밝은 얼굴로 일출을 기다리는 사람들의 표정이 아름답다.

얼마쯤 지났을까, 물안개가 쌓였던 하늘이 열리고 수면의 끝자락에서 빨간 점 하나가 솟아오르기 시작한다. 검은 구름을 배경으로 해서인지 유난히 빨갛다. 하늘과 바다를 붉게 물들이며 느린 듯 빠르게 떠오른다. 하늘과 바다는 경계가 없다. 붉게 물든 하늘과 아스라이 펼쳐진 바다, 점점이 박혀있는 섬들과 일출이 어우러져 그림 같은 풍광을 자아낸다. 한 폭의 수채화를 보는 듯 눈이 환하도록 아름답다.

일출을 바라보며 모두들 숙연한 모습이다. 두 손을 가슴에 모아 무엇인가를 기원한다. 나는 문득 손자와 손녀가 생각난다. 기도랄 것도 없이, 그저 생각이 난다. 새해가 활짝 열렸다. 새해의 힘찬 출발을 알리는 듯 정상에 있는 태극기가 바람에 힘차게 펄럭인다.

그동안 일출을 수없이 봤다. 주로 백두대간과 정맥을 종주하면서 떠오르는 해를 맞이했다. 일출은 볼 때마다 느낌이 다르다. 이곳 상황봉에서 바라본 다도해의 일출은 또 다른 느낌을 갖게 한다. 장엄한 동해의 일출과는 다르게 은근하고 조용하게 떠오른다. 섬과 섬 사이를 비집고 떠오르는 모습은 숨이 멎을 것같이 경이롭다. 그 어디에서도 찾아볼 수 없는 아름다움이다.

다도해의 일출을 맞이하고, 발걸음을 옮긴다. 몇 걸음을 옮겼을까, 주머니 속의 휴대폰이 부르르 몸을 떤다. 번호를 보니 며늘아기이다. 일출을 보며 손주들을 생각했는데 이심전심이었는가 보다. 영상으로 손주들을 대하니, 만 세 돌 지난 손자는 "할아버지 사랑해요."라며 앙증맞은 손을 머리 위로 얹어 하트를 그린다. 태어난 지 겨우 두 달된 손녀는 아무것도 모른 채 방긋댄다.

며늘아기는 손주들이 커가는 모습을 동영상이나 사진에 담아 수시로 보내온다. 나는 그걸 스마트폰에 저장해놓고, 보고 싶을 때 하나하나 열어본다. 손주들이 옆에서 재롱을 떨고 있는 듯, 저절로 흐뭇해진다. 인생의 쓴맛 단맛 다 보며 살아온 할아버지로 하여금 하루하루 욕심나게 만드는 우리 손주들. 그야말로 보물이고 축복이다. 손주들과 잠깐의 영상 통화는 최고의 피로회복제일까? 언제 힘들었나 싶게 금세 활력을 되찾아 길을 이어간다.

능선을 따라 나아가다 보니 섬의 산은 내륙의 산과는 사뭇 다른 분위기를 자아낸다. 내륙의 겨울 산은 나무들이 모든 잎을 내려놓고 나목이 되어 쓸쓸함을 자아내는데, 이곳은 동백나무와 후박나무가 푸른 잎을 내려놓지 않은 채이다. 거기에 소나무와 산죽이 더하여 겨울 산이 아닌 듯한 착각에 사로잡힌다. 능선 북쪽 음지에 있는 바위에는 눈이 녹아 흐르면서 고드름이 맺혀있다. 바위에 매달려있는 고드름을 보고서야 겨울임을 느낄 수 있었다.

산과 바다와 하늘과 바람을 뒤로하고, 산행을 마무리한다. 연안여객터미널 부두에는 어선들이 나란히 서서 넘실대는 파도에 몸을 맡긴 채 휴식을 취하고 있다. 갈매기는 평화롭게 날갯짓하며 하늘로 날아오른다. 때마침 청산도 왕복선이 들어와 사람과 차를 내려놓는다. 사람들의 표정이 하나같이 빙그레 웃는 모습이다. 사람들이 섬을 닮아서일까, 섬이 사람을 닮아서일까? 알 수는 없지만, 완도는 '빙그레 웃을 완(莞)'자를 쓴다.

십 년이면 강산도 변한다지만, 지구가 자전을 멈추거나 사라지지 않는 한 태양은 앞으로도 계속 뜨고 질 것이다. 하지만 이토록 아름다운 일출을 또 볼 수 있을까?

배꼽점의 기를 받고

해마다 일출 명산을 찾아 신년 일출을 맞이하며 한 해를 시작한다. 올해는 일출 대신 '배꼽점'으로부터 기를 받고 소망을 빌기로 했다. 그곳을 찾아 길을 나섰다.

동서울터미널에서 버스에 오르자 옆자리에 대학생쯤으로 보이는 앳된 아가씨가 앉아있다. 눈인사를 나누고 양구가 집이냐 물으니, 고개를 좌우로 흔들며 수줍은 미소만 보인다. 경유지인 홍천에 이르자 많은 사람이 내리고 버스는 텅 비다시피 한 채 양구로 향한다. 비어있는 좌석으로 자리를 옮기며 편하게 가라고 하니, 고개를 끄덕이며 고맙다고 한다.

아가씨는 기다렸다는 듯이 쇼핑백에서 무언가를 꺼내더니 손놀림이 빨라진다. 손거울을 보며 분첩을 얼굴에 두드리고 눈썹을 만지고 입술에 립스틱을 바른다. 고개를 좌우로 돌리며 입술을 뾰족하게 내밀기도 하고 입을 벌려 거울에 비춰보기도 한다. 뒤를 바라보니 뒷좌석에 앉아있는 아가씨도 똑같은 행동을 한다. 새해 이침부터 왜들 그럴까?

양구에 이르자 아가씨는 커튼을 젖히고 창밖을 두리번거리더니 누군가를 향해 손을 흔들며 한걸음에 내린다. 어느 군인과 손을 맞잡고 발을 동동 구르며 반가움을 감추지 못한다. 그러고 보니 연인에게 조금이라도 예쁘게 보이고 싶어 분단장했는가 보다. 참, 세상 부러울 게 없는 좋은 시절이다. 나에게도 저런 싱그러운 젊은 시절이 있었겠지…

터미널에서 배꼽점에 가려면 택시로 10분이면 충분하다. 그러나 나는 등산을 겸해 왔으므로 선착장으로 향한다. 선착장에서 배꼽점까지 산줄기를 따라 걷는 11㎞ 정도의 거리. 봉화산과 정중앙봉에도 오르고 배꼽점도 보고, 이야말로 일석이조가 아닌가.

선착장에서 등산로에 들어선다. 영하의 쌀쌀한 날씨여서인지 사람 한 명 보이지 않는다. 지난밤 땅속에서 꿈틀대며 솟아오른 서릿발을 밟으며 산을 오른다. 낙엽은 왜 그리 많은지 수많은 낙엽이 어지러이 굴러다닌다. 서릿발은 밟힐 때마다 '서걱~' 대며 알 수 없는 말을 걸어오고, 낙엽은 '뼈석~' 대며 황막하기만 한 겨울 산의 적막을 깨트린다.

등산로 변 경고판에는 '이 지역은 사고위험이 있으므로 사격훈련이 없는 주말이나 공휴일에만 등산로를 이용할 것'과 '불발탄이 있으므로 등산로를 벗어나지 말 것'이라는 경고 문구가 쓰여 있다. 이를 보며 이곳이 군사지역임을 실감한다.

능선 길을 이어가 봉화산 정상에 이른다. 정상의 넓은 공터에는 봉화대가 있다. 그러나 정작 눈길을 끄는 것은 그 옆에 있는 '소지섭의 손'이다. 나무판을 뚫고 '소지섭의 손'이 튀어나와 악수를 청한다. 반가움에 덥석 악수부터 나눈다.

배우 소지섭은 DMZ 일대를 직접 촬영하여 2010년 포토 에세이집 '소지섭의 길'을 출간한 바 있다. 이를 모티브로 삼아 양구군에서 51㎞의 숲길을 조성했으니, 이곳 봉화산 정상에서 정중앙천문대까지 6.5㎞도 소지섭의 길의 일부이다. 소지섭의 길 한 구간만 걸어도 5년은 젊어진다고 하는데, 5년은 고사하고 1년만 젊어져도 원이 없겠다.

어쨌거나 정상에 서니 눈과 마음이 시원하게 트인다. 양구 시내가 한눈에 내려다보이고 멀리 사명산, 죽엽산, 도솔산은 물론 향로봉과 설악산까지 눈에 들어온다. 양남팔경에 봉화낙월(烽火落月)이 있는데, 봉화대를 배경으로 달이 지는 아름다운 풍광을 보지 못하는 게 아쉽기만 하다.

아쉬움을 뒤로하고 소지섭의 길을 따라 나아간다. 10여 분 걸었을까, 고고한 자태의 토종 소나무 두 그루가 발걸음을 멈추게 한다. 소나무 옆에는 평평한 바위가 자리하고 있다. 그 바위를 바둑판 삼아 신선놀음하고 싶다는 생각이 저절로 인다. 그러나 그럴 일이 아니다. 고사 속의 나무꾼처럼, 도낏자루 썩는 줄 모르고 신선놀음을 하다가 집에 돌아갔을 때, 나를 알아보지 못하는 식솔로부터 문전박대를 당하고 오갈 데 없는 신세가 되는 건 아닌지, 쓰잘머리 없는 생각이 스쳐 지나간다.

걸음을 재촉하다 보니 어느새 정중앙봉이다. 정중앙봉은 우리나라 정중앙지점에 솟아있는 산봉우리이다. 봉우리 자그마한 공터에는 '정중앙봉'이라 쓰인 돌비석과 벤치가 놓여있다. 잠시 배낭을 내리고 목을 축인다. 난데없이 배꼽시계가 울린다. 그러고 보니 어느새 점심때가 훌쩍 넘었다. 이놈의 배꼽시계는 고장 한 번 안 나고 때가 되면 울어댄다.

서둘러 하산 길에 들어, 산기슭에 있는 배꼽점에 이른다. 행정 구역 상으로는 강원도 양구군 남면 도촌리 산48번지. 좌표상으로는 동경 128도 2분 02.5초, 북위 38도 3분 37.5초 지점이다. 우리나라 영토의 극동은 경상북도 울릉군 독도 동단이며, 극서는 평안북도 용천군 마안도 서단, 극남은 제주도 서귀포시 마라도 남단, 극북은 함경북도 온성군 유포면 북단이다. 이 4개의 극점 중 극동과 극서의 선을 긋고 극남과 극북의 선을 그으면, 그 교차점이 정중앙점이 된다. 그 지점이 바로 이곳이다. 사람으로 치면 배꼽에 해당하는 지점이라고 할 수 있다.

배꼽점에는 '휘모리' 조형물이 설치되어있다. 회오리바람처럼 빠른 속도로 휘몰아친다는 휘모리. 균형을 유지하지 못하거나 멈추면 쓰러져버리는 팽이의 역동성과 전통 농악놀이 상모가 돌아가는 생동적인 모습이 태극의 형상으로 담겨있다.

배꼽점의 기를 받기 위해 가부좌를 틀고 눈을 감는다. 가슴을 열고 단전에 힘을 모아 몇 차례 기를 깊이 받아들인다. 하필

그때 뒤쪽에서 인기척이 난다. 돌아보니, 중풍으로 거동이 불편한 어르신이 지팡이에 의지하여 힘겹게 올라오고 있다. 저 힘든 몸을 이끌고 배꼽점에 무얼 하러 오셨을까? 나처럼, 기를 받고 소망을 빌기 위해서일까?

배꼽이란 엄마 배 속에서 아기가 영양분을 공급받던 탯줄이 출생 후 떨어진 자리가 아니던가. 어찌 보면 새 생명의 시작점이 배꼽이라 할 수 있을 것이다. 그 배꼽점에서 덕지덕지 들러붙은 세속에 찌든 허물을 털어내고 새로운 기를 받았다.

이제 한결 가벼워진 몸과 마음으로 한 해를 시작하련다.

문수보살을 뵐 수 있을까

오대산은 문수 신앙의 본산으로 신비스러운 문수보살의 이야기가 전해 내려온다. 지금까지 네 번째 오대산을 찾았으나 한 번도 문수보살을 뵙지 못했다. 이번에는 문수보살을 뵐 수 있을까? 기대감에 마음이 설렌다.

오대산에 가는 것은 서울대 국토문제연구소와 조선뉴스프레스, 월간 산(山)이 공동 주최한 '산과 문화를 논하다' 프로그램의 일환이다. 강의를 맡았던 산악인 엄홍길 대장과 원광대 동양학과 조인철 교수가 동행한다. 더없이 좋은 기획이고, 기회이다. 하지만 가족 여행과 날짜가 겹쳐 고민스럽다. 가족 여행은 다음에 가면 되지만 이번 산행은 다음 기회를 만들기가 쉽지 않다. 고심 끝에 가족 여행을 미뤄두고 오대산을 향하여 길을 나섰다.

상원사에 이르니 나뭇가지 사이로 눈부신 햇살이 쏟아져 내린다. 하늘은 구름 몇 점 보일 뿐 물에 씻은 듯 맑고 파랗다. 얼마 전까지 폭염이 가슴 속까지 펄펄 끓게 하더니 어느새 햇볕이 한결 부드럽고 옅어졌다. 청량한 공기 속에는 물과 나무, 흙과 낙엽 냄새가 뒤섞여 가을 향기를 물씬 풍긴다.

등산로 입구에 있는 관대(冠帶)걸이가 우리 일행을 맞아준다. 말 그대로, 의관을 걸어두기에 적당해 보이는 이 소박한 석조물은 조선시대 세조가 잠시 의관을 걸어 놓고, 계곡물에서 종창을 드러내고 씻었다는 일화로 유명하다.

피부병으로 고생해온 세조는 신하들 앞에서 속살을 드러내기가 꺼려져 그들을 모두 물리치고 몸을 씻었는데, 때마침 문수동자가 나타나 거들어 주었다. 세조가 동자승에게 이르기를 "너는 임금의 옥체를 보았다 발설하지 말라." 하였다. 그랬더니 동자승이 세조에게 "임금께서도 문수동자를 보았다고 말하지 마십시오." 하고는 홀연히 사라졌다고 한다. 과연 세조는 문수동자의 손길에 몸을 맡기고 목욕을 했던 것일까? 이후로 종창이 씻은 듯이 나았다는 걸 보면, 세조의 극진한 불심이 문수보살을 감읍케 했음은 틀림없나 보다.

문득, 나도 한번 옷을 벗어 걸어 놓고 계곡물에 풍덩 뛰어들고 싶어진다. 그렇게 하면 행여 문수보살이 나타나 지혜의 말씀으로 내 마음의 종창을 어루만져주지 않을까? 그런 생각에 잠겨있는데, 누군가 내 어깨를 '툭' 치며 빨리 가자고 한다. 일행은 벌써 산문에 들어서고 있다.

중대사에 이르자 조 교수가 풍수에 대하여 설명한다. 중대사는 신성한 적멸보궁을 수호·관리하는 암자이며 혈 자리로는 용의 머리 부분에 해당한다고 한다.

중대사에서 적멸보궁에 이르기까지는 일정한 간격으로 석등이 서 있다. 불은 켜있지 않지만 불심이 서려 있는 것만 같다. 불 대신 스피커를 넣어놓은 것일까? 석등에서 은은하게 흘러나오는 불교 음악을 들으며, 티끌 하나 쌓이지 않은 풋풋한 공기에 취해 오름길을 이어간다.

조 교수의 설명은 간간이 이어진다. 주로 혈(血)과 기(氣), 풍수(風水)에 대한 설명이다. 적멸보궁 직전에는 용안수라는 샘터가 있다. 용의 눈에 해당하는 혈 자리라고 한다. 한 모금 마셔보니, 맛은 그냥 물맛이다. 용안수를 마시면 눈이 밝아진다는 속설이 있다하는데, 천리안은 바라지도 않지만 돋보기 없이 신문 한 줄 거뜬히 읽을 수 있다면 얼마나 좋을까.

적멸보궁에 들어선다. 적멸보궁은 부처님의 진신 사리를 모셔놓은 곳이다. 법당에는 불상을 조성하지 않고 불단만 설치되어있다. 불단 앞에 서자 창을 통하여 뒤뜰에 있는 사리탑이 보인다. 부처님의 진신 사리는 그곳에 모셔져 있다.

그곳은 풍수지리상으로 오대산 다섯 봉우리인 비로봉, 동대산, 두로봉, 상왕봉, 효령봉에 둘러싸여 있고, 다섯 혈 자리인 동대사(관음암), 서대사(수정암), 남대사(지장암), 북대사(미륵암), 중대사(사자암) 중 중앙인 중대사에 위치하고 있어 천하제일의 명당이라고 한다. 아닌 게 아니라 다섯 봉우리는 마치 부처님을 호위하는 다섯 장수처럼, 위풍당당한 자세로 서 있는 것이 참으로 늠름하다.

적멸보궁에 예를 갖추고 오름길을 이어간다. 곱게 물든 단풍에서 가을 냄새가 물씬 풍겨온다. 앞서거니 뒤서거니 피어나는 단풍을 보니 나의 마음까지 색색깔로 물들어 가는 듯하다. 단풍은 파란 하늘을 배경으로 해서인지 더욱 붉게 타오르고 있다. 가을은 산 위에서 아래로 내려온다는 말처럼, 가을이 내려오고 있다. 어김없이 계절이 바뀌어가고 있다.

오대산의 주봉인 해발 1,563m 비로봉 정상에 선다. 정상에는 높이 1m도 안 되는 자그마한 정상석이 자리하고 있다. 오대산의 모든 봉우리를 거느리는 맏형치고는 너무나 소탈한 모습이다. 하긴, 무슨 허세가 필요할까? 말 없어도 여러 봉우리가 머리를 조아리는 것을. 그 누구의 조아림도 실은 필요 없으리라. 그곳에 당당이 자리하고 있음으로 충분하리니.

비로봉에 오르기까지 엄 대장의 유명세 때문에 잠깐씩 주춤거려야만 했다. 등산객들이 엄 대장을 알아보고 인사를 나누며 함께 사진을 찍으려고 해서이다. 비로봉 정상에서도 마찬가지이다. 엄 대장은 말없이 웃으며 그들과 함께 사진을 찍는 데 기꺼이 모델이 되어 주었다. 다른 등산객들의 성화에 정작 우리 일행은 엄 대장과 단체 사진 한 컷으로 대신했다.

1924년 영국 산악인 조지 말로리가 에베레스트에 오를 때, 어느 기자가 "왜 에베레스트에 오르려고 하는가?"라고 물었다. 그의 답변은 간단명료했다. "그게 거기 있기 때문에(Because it is there)." 이 말은 지금까지 산악인들 사이에 명언으로 회자되고 있다. 그렇다면 엄 대장은 왜 고산에 오를까? 궁금하지 않을 수 없고, 묻지 않을 수 없다. 그의 답도 간단명료하다. "산이 좋아서, 한계를 극복하고 싶어서."

엄 대장도 나에게 왜 산에 오르는지 묻는다. 나의 답도 간단명료하다. "행복이 거기 있기에(Because happiness is there)." 지난여름 후지산에 오를 때 허영호 대장에게 같은 질문을 한 적이 있다. 그의 답도 간단명료하다. "즐거움이 있기 때문에."

올라오던 길을 되짚어 하산 길에 들어선다. 올라갈 때 보지 못했던 예쁜 꽃이 등산로 옆에서 방긋대며 웃고 있다. 다가가 보니 진달래꽃이다. 지금이 10월 초인데 진달래꽃이라니, 그야말로 철없는 진달래가 아닌가. 철없는 진달래일지언정 아름답고 반가웠다.

상원사 앞마당에 내려선다. 대웅전에서 울려 퍼지는 그윽한 노승의 염불 소리가 산사를 맴돈다. 잠시 벤치에 앉아 눈을 감아본다. 일만 명의 권속을 거느리고 설법하는 문수보살의 모습이 보이는 듯하고 그 목소리가 들려오는 듯하다. 문수보살이시여! 어디에 계시나이까?

이번에도 문수보살을 친견하지는 못했다. 하지만 천년의 향에 젖은 상큼한 공기를 한껏 마셨더니 가슴이 맑아지는 듯하다. 속세의 때 묻은 생각들을 모두 벗어놓으니 일체의 번뇌에서 해탈한 듯 마음이 고요하다.

맑아진 가슴과 고요해진 마음을 안고 발걸음을 되돌린다.

그날이 오긴 오려나

코로나바이러스 감염을 피하기 위해 마스크를 쓰고 지낸 지도 1년이 훌쩍 지났다. 거기에 하루가 멀다 하고 찾아오는 미세먼지에 사람이 없는 산에서조차 마스크를 벗을 수가 없다.

마스크를 쓴 채 시작한 부엉이 없는 부엉산(鴨山)과 자주색 지초(영지버섯) 없는 자지산(紫芝山) 등산은 예상보다 일찍 끝났다. 시간 여유가 생겼고, 오후에 접어들며 공기도 다소 맑아졌다. 천앙봉(天仰峰)에 올라 하늘이나 우러러봐야겠다.

금강으로 흘러드는 지천을 건너 잠시 나아가, 잡목 숲을 헤치고 오른다. 그런데 발걸음을 내디딜 때마다 바닥에서 먼지가 풀풀 피어오르고, 나뭇가지와 나뭇잎을 스칠 때마다 먼지가 뽀얗게 흩날린다. 몇 걸음 가지 않아 등산복은 먼지 범벅이 되고 콧구멍과 목구멍은 텁텁하다. 나무에 쌓인 미세먼지는 비가 와 지면으로 씻겨 내려가야 하는데, 비는커녕 바람 한 점 없다.

전망이 툭 트인 곳에 이르러 잠시 숨을 고른다. 무심코 건너 편 산을 바라보니, 뭔가 시커먼 게 산 사면에 가득 깔려있다. 인삼 재배지로 널리 알려진 지역이어서 인삼밭이겠거니 생각 했는데, 그게 아니다. 자세히 보니, 태양광발전 패널이다. 원자 력과 석탄발전을 줄이고 친환경 발전을 늘리겠다는 정부 정책 에 따라 태양광 패널을 설치한 것이다. 이런 곳이 한두 곳이 아 니다. 전국 어느 산을 가든 눈에 띄는 게 태양광 패널이다. 이 거 때문에 길이 끊겨 빙 돌아가야만 했던 적도 있다.

태양광발전의 최대 생산 전력은 1제곱미터당 50와트이며, 원자력발전은 1제곱미터당 6,000와트라고 한다. 태양광발전은 넓은 면적이 필요하고 환경에 큰 영향을 미칠 수밖에 없다. 나 무는 미세먼지만 차단시키는 게 아니라 이산화탄소를 흡수하 고 산소를 배출하여 대기를 정화시킨다. 그런데 이걸 설치하려 면 나무를 베어내고 산을 깎아내야만 한다. 그것도 마구잡이로 모조리. 그런데도 친환경발전이라고 할 수 있을지 모르겠다.

미국의 시인이자 환경운동가인 게리 스나이더(Gary Snyder) 는 〈야생의 실천〉에서 마구잡이 벌목에 대하여 이같이 말하고 있다.

"벌목, 어떤 것은 어린이들이었고 어떤 것은 때가 지난 노인 들이었다."

능선 오름길을 이어간다. 그런데 이건 또 뭐야? 나무들이 시 커멓게 불에 그을려있다. 정상을 800여m 앞두고부터 정상 직전까지 능선 좌측이 온통 산불 흔적이다. 대부분의 소나무는 불에 타 죽은 채 서 있거나 쓰러져있다. 참나무는 화마의 흔적을 상처로 간직한 채 살아남아 잎을 틔웠다. 소나무에 불이 붙으면 몸속에 있는 송진이 제 몸을 재가 되도록 태우고 기꺼이 죽음을 맞이한다. 참나무는 수피가 두꺼워 운 좋게 살아남기도 한다. 바닥에는 잡풀이 푸릇푸릇 새싹이 돋아나 있는 걸 보니, 산불이 난 지 5년 정도 되는 듯하다.

숲이 건조한 상태에서 불이 나면 바싹 마른 나무가 불쏘시개가 되어 걷잡을 수 없이 확산된다. 이때 바람이라도 불면 불은 '도깨비불'이 되어 이곳저곳으로 날아다니며 순식간에 옮겨 붙는다. 산불이 나면 이전 모습으로 회복되는 데 20여 년이 걸린다고 하는데, 2020년 한 해에만 620건의 산불이 일어나 2,920ha의 산림이 소실되었다. 정말 무서운 게 산불이다.

산림청에서는 입산자의 화기 휴대를 금지하고 봄 가을철 산불방지 기간을 정하여 주요 산의 입산을 금지한다. 시야가 트인 산봉우리에 산불감시초소를 세우고 감시 요원을 배치하거나 무인 산불 감시카메라를 설치하여 감시한다. 감시카메라는 360도 회전하며 반경 10㎞ 이내를 24시간 관측한다. 최근에는 드론을 띄워 감시하기도 한다. 그래도 산불은 일어난다.

우리나라는 전 국토의 63%가 산이다. 1960년대 까지만 해도 전쟁을 치르면서 황폐화되었고, 먹고 살기 위해 화전을 일구고 땔감으로 쓰기 위해 마구잡이로 나무를 베어내 온 산이 벌거숭

이였다. 그 후 나무를 석탄으로 바꾸고 산림녹화사업을 대대적으로 시행했다. 석탄에서 석유로, 석유에서 원자력으로 발전하면서 숲은 더욱 풍성하게 바뀌어 오늘에 이르렀다. 이런 우리의 산이 태양광발전과 산불에 의하여 다시금 훼손되고 있으니…

이런 와중에 산림청이 탄소중립정책을 발표했다. 연간 1억 그루씩, 30년간 30억 그루의 나무를 심어 탄소 3,400만t을 줄이고, 도심 외곽에 미세먼지 저감 숲 1,068ha, 산업단지 주변에 미세먼지 차단 숲 156ha을 조성한다는 것이다. 만시지탄이지만 쌍수를 들어 환영한다.

그런데 이게 뭐야. 세부 계획에는 30억 그루 중 3억 그루는 북한에, 1억 그루는 신규 조성 숲에, 나머지 26억 그루는 멀쩡한 기존 나무를 베어내고 심는다는 것이다. 베어낸 나무는 화력발전의 연료로 사용한다고 한다. 이거야말로 환경 파괴가 아니고 무엇이란 말인가. 산불과 태양광 패널에 이어 탄소중립이라는 명분으로 벌목된 민둥산을 또 보게 되는 것은 아닌지, 여기저기서 산사태가 일어나는 것은 아닌지 모르겠다. 문득 '탈핵 탈송전탑 원정대' 밀양 할매 할배들의 절규가 귓가에 맴돈다.

"가진 놈들의 배를 불리기 위해 금수강산을 엉망으로 만들고, 후손들에게 어마어마한 위험을 떠넘기는 인간들의 헛소리와 이 나라의 잘못된 전력 정책을 폭로하고 싶다."

지난해에는 세계 이산화탄소 배출량이 7%가 저절로 줄어들었다고 한다. 인간이 잘해서 그런 게 아니라 코로나 때문에 그렇다 한다. 거기서 교훈을 얻어야 하지 않을까. 자연의 섭리에 순응하며 자연과 공존해야 한다는 교훈 말이다.

천앙봉 정상에 이르니, 자그마한 공터에 산불감시초소가 덩그러니 있다. 그런데 감시 요원은 보이지 않고 출입문에 자물쇠가 굳게 채워져 있다. 고개 들어 하늘을 우러러본다. 미세먼지 가득한 뿌연 하늘에 흰 구름만 무심히 흘러간다.

마음 놓고 숨 쉬며 살던 때가 언제였는지 까마득하다. 마스크를 벗고 청량한 피톤치드를 마시며 숲길을 걸을 수 있는, 그날이 오긴 오려는지 모르겠다.

걱정도 팔자라는데

　'금수강산'이라! 이 말은 우리나라의 산천은 비단에 수를 놓은 것처럼 아름답다고 하여 예로부터 일컫는 말이 아니던가. 그토록 아름답던 우리의 삼천리 금수강산(錦繡江山)이 소, 돼지, 개, 고양이 우글거리는 금수강산(禽獸江山)으로 바뀌어 가고 있는 것은 아닌지…

　유명한 산이 아닌 경우 제대로 된 등산로조차 없는 산이 많다. 특히 지맥이나 단맥은 대부분 그렇다. 맥이 끊겨 마을을 통과하는 경우도 있다. 석문지맥 2구간 산행에 나서, 어느 민가 앞을 지나고 있었다.

　민가 마당에는 줄을 걸어 개를 매어놓았다. 불청객을 본 개는 이빨을 드러내며 사납게 으르렁거린다. 이럴 땐 재빨리 개의 시야에서 벗어나는 게 상책이다. 집 뒤 밭두렁으로 올라가 산으로 들어선다.

농촌에서는 도시처럼 작고 귀여운 애완견을 기르는 게 아니라 대부분 덩치가 큰 '집 지키는 개'를 기른다. 이런 개들이 당장이라도 물어뜯을 것처럼 입에 거품을 물고 날뛰면, 저러다가 줄이 끊겨 달려드는 것은 아닌지 겁이 나기도 한다. 또한한 마리가 짖기 시작하면 온 동네 개들이 덩달아 짖어댄다. 그럴 때마다 동네 사람들이 나와 '뭐하는 작자기에 여길 왔느냐?'라고 묻는 듯 눈을 껌벅이며 경계의 눈초리로 바라본다. 낯선사람이 나타나면 짖어야 하는 게 개가 할 일인 줄 모르는 건아니지만, 이래저래 민폐를 끼치는 것 같아 여간 난처한 게 아니다.

집에서 기르는 개는 그나마 안심이 된다. 산에서 개를 만나면 어떨까? 주인 없는 유기견이나 들개 말이다. 버려진 개는 대부분 여기저기 떠돌다가 생을 마감하거나 사람을 피해 산에 숨어들어 번식하고, 들개가 되어 먹이를 찾아 떼를 지어 떠돌아다닌다. 이런 개들이 으슥한 등산로에 떡 버티고 있으면 그야말로 온몸에 식은땀이 주르르 흘러내린다. 실제 등산객을 향해돌진하여 사고가 나는 경우도 있지 않은가. 그런 유기견이나들개들이 도심 주변 산에 어슬렁대고 있으나 그 숫자조차 파악이 안 된다고 한다. 또한 당국의 단속 따위는 아랑곳하지 않은채 산 중턱에서 수십 마리의 개를 직업적으로 키우는 사람도있다.

고양이도 마찬가지이다. 버려진 고양이들이 길고양이가 되어 쓰레기통을 뒤지거나 들고양이가 되어 등산객이 버린 음식물 찌꺼기를 찾아 헤맨다. 새는 물론 토끼와 다람쥐까지 닥치는 대로 사냥한다.

언젠가 관악산에서 있었던 일이다. 잠시 쉼터 벤치에 앉아 쉬고 있었다. 어느 젊은 여인이 나를 힐끗 보며 눈치를 보는가 싶더니, 배낭에서 비닐봉지에 담겨있는 뭔가를 꺼내 바위 옆에 슬며시 내려놓는다. 나는 그게 쓰레기인줄 알았다.

"그게 뭐죠?"

"고양이 밥예요."

"고양이 밥요? 그걸 거기에 놓으면 고양이가 와서 먹나요?"

"예. 안 그러면 굶어 죽잖아요."

말로만 듣던 '캣맘'이다. 그녀의 확신에 찬 말에 나는 더 이상 할 말이 없었다. 잠시 후, 그녀가 "냥이야! 냥이야!" 하고 부르자, 정말 고양이가 나타나 비닐봉투를 물고 바위 뒤로 사라졌다. 그녀는 일주일에 두 번씩 가져다준다며 어깨를 으쓱거렸다. 그 모습은 자기야말로 이 세상 누구보다 따뜻한 마음을 가진 사람이라는 걸 과시하는 표정이다.

나는 가만히 생각해봤다. 고양이가 비닐봉지를 뜯고 먹이를 먹을 텐데 비닐봉지는 어떻게 처리할까? 이게 바로 자연을 오염시키는 건 아닐까? 이미 야생화되었을 텐데 오히려 야생성을 잃게 만드는 건 아닐까? 개체수를 줄여야 하는데 오히려 더 늘어나는 건 아닐까? 그녀 말대로, 그녀가 이사라도 가면 굶어 죽는 건 아닐까? …

오봉산 갈림길 근처에 이르자 몇 개의 나무 허리가 반질댄다. 의심의 여지 없이 멧돼지가 몸을 비벼댄 흔적이다. 개체수가 증가하면서 이젠 어느 산을 가든 흔적이 있고, 어느 땐 직접 마주치기도 한다. 이 녀석이 눈앞에 나타나면 온몸의 털이 쭈뼛거릴 정도로 긴장이 되고 자칫 사고로 이어지기도 한다.

그런데 멧돼지가 보이지 않는 건 배낭에 매달린 방울 소리 때문인지도 모르겠다. 이 녀석은 산중의 왕 노릇을 하지만, 금속 소리는 극도로 싫어한다. 이 녀석뿐만 아니라 모든 야생 동물은 먼 옛날 창이나 칼을 이용한 수렵 시대를 거치면서 금속 소리를 기피하는 유전자를 가지고 태어난다고 한다. 내가 방울을 배낭에 매달고 다니는 건 야생 동물과의 원치 않는 조우를 피할 수 있고, 맑게 울려 퍼지는 딸랑대는 소리는 내 발걸음을 경쾌하게 만들어주기 때문이다.

나무 사이로 골바람을 타고 구수한 냄새가 날아와 코끝을 스친다. 이게 무슨 냄새일까? 킁킁거리며 냄새를 맡아봐도, 이건 분명 내 어린 시절 기억 속 농촌의 향기가 틀림없다. 그런데 그 구수한 냄새는 한발 한발 나아갈수록 고역스러운 냄새로 바뀌어 간다. 아래쪽 산기슭에 들어선 축사에서 풍겨오는 냄새다. 코를 손으로 틀어막고 들숨을 최대한 참으며 빠른 걸음으로 지나가는 수밖에.

산행 중 이런 고약한 냄새를 풍기는 곳은 한두 곳이 아니다. 다른 지맥이나 정맥을 산행할 때도 고역스러웠던 적이 있다. 어느 마을은 어귀에서부터 냄새가 진동하기도 한다. 주변 축사에서 풍겨 나오는 악취 때문에 정든 고향을 떠나는 사람도 있고, 꿈을 안고 귀향했다가 귀향을 포기한 사람이 있다는 보도를 접한 적도 있다.

그 보도를 접하고는 '인클로저(enclosure) 운동'이 떠올랐다. 16세기 영국 영주들이 농사 대신 양을 키우려고 농민들을 토지에서 강제로 몰아낸 일을 말하는데, 그로부터 '양이 사람을 내쫓는다.'라는 말이 생겨났다. 어쩌면 한국판 인클로저 운동이 일어나 '소 돼지가 사람을 내쫓는' 것은 아닌지 모르겠다.

산행을 마치고, 페트병에 담아 간 물로 얼굴과 손에 묻은 땀을 대충 씻어낸다. 산행 후 여기저기 냇가를 기웃대도 손조차 씻을 곳을 찾기가 쉽지 않다. 물 색깔은 누리끼리하고 거품이 보글대고 퀴퀴한 냄새가 나는 곳이 많다. 인근 축사에서 가축의 배설물이 흘러나와 스며들어서이다. 이걸 하도 봐서 이젠 페트병에 물을 담아간다.

하천이 오염된 건 어제오늘 일이 아니다. 버들치와 가재가 사는 1급수와 피라미와 모래무지가 사는 2급수는 깊은 산속에서 흘러내리는 계곡에 가야만 겨우 볼 수 있다. 붕어와 미꾸라지가 사는 3급수조차 점점 사라져가고 있다. 등산객이나 피서객이 버리고 간 쓰레기는 또 어떠한가. 이러고도 금수강산이라할 수 있을까?

내 어린 시절이 그립다. 쇠똥이나 개똥을 땔감이나 거름으로 쓰기 위해 망태기를 걸머지고 주우러 다니던, 냇물에 뛰어들어

퐁당대며 먹을 감던 그 시절이 그립다.

　내가 별 걱정을 다 하는 건 아닌지 모르겠다. 걱정도 팔자라
는데.

갈 수 없는 그곳

'금강산도 식후경'이라고 했던가. 아무리 재미있는 일이라고 해도 배가 고프면 흥미를 느낄 수 없는 법. 산행에 앞서 김밥 한 줄로 배부터 채웠다. 내가 좋아하는 산에 오른다 해도 시장하면 맥이 빠질 수밖에 없고, 맥이 빠지면 즐길 수가 없다. 더구나 나는 지금 진짜 금강산을 눈앞에 두고 있지 않은가. 가슴이 설렐수록 우선 배부터 채울 수밖에.

금강산에 오르기 위해 미시령에 이른 시간은 새벽 3시. 어둠 속에서 올려다보는 미시령의 밤하늘은 그야말로 '별 천지'이다. 수많은 별이 금방이라도 머리 위로 쏟아져 내릴 듯 깜박인다.

5년 전, 백두대간을 종주하기 위해 이곳에 왔던 기억이 새록새록 떠오른다. 그날은 비가 부슬부슬 내리고 별도 달도 보이지 않던 칠흑같은 밤이었다. 그런데 오늘은 그날 밤과 전혀 다른 밤이다. 밤하늘은 어둡지만 맑게 개어 있고, 수많은 별이 무사 산행을 기원해 주고 있다.

급경사를 지그재그로 오르며 산행은 시작된다. 새벽 공기는 차가웠으나 오름길을 재촉하다 보니 이내 땀이 나기 시작한다. 이마에 송골송골 맺힌 땀방울은 볼을 타고 흘러내리고 셔츠는 축축하게 젖어온다.

한 시간 반쯤 올랐을까, 신선상봉에 이른다. 금강산 일만 이천 봉 중 마지막 봉우리에 오른 것이다. 하지만 별다른 감흥이 일지는 않는다. 일만 이천 번째라 하여, 다른 봉우리와 다른 것은 아니다. 그저 어둠과 정적만 흐르고 있을 뿐이다.

길을 이어가 신선봉에 오를 즈음에서야 새벽 여명이 스며들기 시작한다. 희미하게 모습을 드러내기 시작한 신선봉은 작은 바위들이 켜켜이 쌓인 모습이다. 자칫 잘못 밟으면 발목이 삐끗할 것만 같고 바위 사이에 낀 스틱이 부러질 것만 같다.

대간령 안부에 이르니, 주변에 돌들이 어지러이 흩어져있다. 보부상들이 이 고개를 넘나들 때 밥을 해먹던 흔적이다. 보부상들은 고성에서 소금, 미역, 고등어 등을 이고 지고 인제에 가서 곡식으로 바꾸어 돌아갔다. 사흘 밤낮을 걸어 이 고갯길을 넘나들며, 간고등어 한 토막을 불에 그슬려 먹거나 소금에 찍어 먹으며 허기진 배를 채웠다. 그러다 외진 숲길에서 산적을 만나 곡식을 뺏기는 낭패를 당하기도 했다. 보부상들의 모습이 잠시 눈앞에 나타났다 사라진다.

병풍바위봉에 오르자 나도 모르게 야호 소리가 터져 나온다. 남쪽 설악산에는 구름이 가슴에 걸려있고 동해 바다는 푸른 물이 부드럽게 너울거린다. 북쪽으로는 금강산 산줄기가 막힘없이 이어져 있다. 겹겹이 늘어서 있는 산줄기는 장엄하기까지 하고, 계곡에서 구름이 피어올라 넘실댄다.

마산봉에 올라선다. 이 일대는 남한에서 눈이 가장 많이 올뿐만 아니라 설경이 아름답기로 소문이 난 곳이다. 고성이 자랑하는 8경의 하나로 지정될 만큼 그 순백의 풍광이 아름답다고 하니, 아직 가을이 채 익지 않은 이 계절이 아쉽다. 언젠가 겨울이 오고 눈 소식이 들려오면 다시 한번 달려와야겠다.

알프스리조트 앞에 내려서니, 리조트라는 이름이 무색하도록 폐허가 된 채 을씨년스럽기만 하다. 곳곳에 거미줄이 쳐져 있고 리프트의 쇠줄은 녹이 슨 채 걸려있다. 예전에는 스키 인파가 몰려들어 문전성시를 이루었으나 지금은 찾는 사람들의 발길이 끊어져 버렸다. 접근성이 더 좋은 다른 곳에 스키장이 속속 들어섰기 때문에 이곳은 버려진 듯 퇴락하고 만 것이다. 세상의 인심이란 그런 것. 나는 세월 속에 잠든 리조트를 뒤로하고 이제 얼마 남지 않은 길을 재촉한다.

마침내 '백두대간 종주기념 소공원'이 있는 진부령에 이르러 산행을 마무리한다. 이곳에는 백두대간을 종주한 사람들이 기념으로 세워놓은 자그마한 돌비석 30여 개가 들어서 있다. 가고 싶어도 더 이상 갈 수 없기에, 이곳 진부령에 기념비를 세워 놓고 그들은 발길을 되돌린 것이다. 가고픈 길을 더 가지 못하는 그 마음이 못내 애석하기만 하다.

금강산 찾아가자 일만 이천 봉

볼수록 아름답고 신기하구나.

철따라 고운 옷 갈아입는 산

이름도 아름다워 금강이라네.

금강이라네.

'금강산' 노랫말에도 있듯이, 금강산은 철 따라 고운 옷으로 갈아입는다. 그래서 부르는 이름도 계절에 따라 다르다. 봄에는 온산이 새싹과 꽃에 뒤덮이므로 금강산(金剛山), 여름에는 녹음이 무성하므로 봉래산(蓬萊山), 가을에는 단풍으로 물들므로 풍악산(楓嶽山), 겨울에는 낙엽이 지고 바위들이 뼈처럼 드러나므로 개골산(皆骨山)으로 부른다.

한때는 금강산 관광이 이루어지기도 했다. 현대그룹 창업자 정주영이 1998년 소 1,001마리를 몰고 판문점을 넘어 북한에 다녀왔다. 이를 계기로 그해 11월 금강산 관광이 시작되었고, 휴전선 너머 금강산 관광은 활기를 띠었다. 그러던 2008년 7월, 한 여성 관광객이 해안을 산책하다가 금지된 구역에 접근했다는 이유로 북측 군인의 총격을 받아 사망하는 사건이 일어났다. 그로부터 관광은 전면 중단되어 오늘에 이르게 된 것이다.

고려에 태어나 금강산을 한 번 보는 것이 소원이라는 시인이 누구였던가? 중국 송나라의 시인 소동파는 필설로만 접한 금강산의 아름다움을 그토록 사모하고 극찬했다. 그런데 지금 우리는 한반도에 태어났음에도 금강산을 마음대로 보지 못한다. 일

만 이천 봉 중, 우리가 직접 볼 수 있는 곳이라고는 남한지역에 있는 7개 봉우리뿐이다. 그나마 미시령에서 진부령 사이에 있는 신선상봉, 신선봉, 병풍바위봉, 마산봉에만 갈 수 있고, 진부령 북쪽에 있는 칠절봉, 둥글봉, 향로봉은 군사지역으로 출입이 금지되어 있다. 군부대의 엄격한 통제하에 일 년에 한 번 문을 열어주고 있으나 그 시간을 맞춘다는 게 여간 어려운 일이 아니다. 천하의 소동파가 이 땅에 다시 태어난다 해도, 국가의 삼엄한 경계를 자유로이 넘나들 순 없을 것이다. 이번 생에도 역시 홀로 꿈꾸며 그려볼 뿐….

가고 싶어도 갈 수 없는 그곳. 이 땅에 평화가 찾아와 진부령에서 향로봉에 오르고, 금강산 일만 이천 봉 모두 오를 수 있다면 얼마나 좋을까? 그날이 올 수 있을까, 온다면 언제쯤일까?

어쨌든, 봄이 왔다

쉽게 가라앉을 줄만 알았던 코로나바이러스가 기승을 부리며 온 나라가 뒤숭숭하다. 날이 갈수록 점점 확산되고 그 끝이 보이지 않는다. 설상가상으로 미세먼지 경보까지 발령되었다. 공기 중에 바이러스와 미세먼지가 뒤범벅되어 떠다니고 있을 것을 생각하니 문밖에 나서기조차 찜찜하다.

"고객 안전을 위해 가급적 비대면 배송을 실시할 예정이오니 양해해 주시기 바랍니다."

휴대폰에 뜬 택배 배송 알림문자이다. 코로나바이러스 감염을 피하기 위해 너나없이 사람을 피하고, 이젠 택배까지 사람을 피한다. 그렇다고 '방콕'만 하고 있을 수는 없지 않은가. 나는 어디로 사람을 피해가지? 어디로 가야 잠시나마 몸과 마음이 편안할까. 그러나 아무리 생각해도 사람을 피해 갈 곳이라고는 없다.

일단 배낭을 꾸려 집을 나섰다. 마스크로 코와 입은 가렸으나 눈앞은 부옇기만 하다. 사실 마스크를 쓴다는 게 여간 불편한 게 아니다. 우선 숨쉬기가 편치가 않다. 숨을 내쉴 때 나오는 이산화탄소와 입 냄새가 빠져나가지 못해 그걸 다시 들이마셔야 한다. 또한 긴 시간을 쓰다 보면 축축해지기도 한다. 미세먼지가 아무리 기승을 부려도 마스크 한 번 쓰지 않았는데, 요즘 들어서는 굴복하지 않을 수가 없다.

거리에는 온통 마스크 물결이다. 전쟁터에 나가는지 시위하러 가는지 모두들 흰 마스크, 검은 마스크로 무장을 한 채 결연한 표정이다. 전철을 탄 사람들도 모두 마스크를 쓴 채 무표정한 얼굴로 스마트폰을 들여다본다. 평소에는 아랑곳하지 않고 기침이나 재채기를 해대는 사람들이 적지 않았는데, 공공의 적이 되고 싶지 않아서인지 기침을 하는 사람도 없고, 마스크로 입을 틀어막아서인지 떠드는 사람도 없다. 여느 때보다 조용하고 덜 붐벼서 좋기는 하다.

엊그제 마스크를 샀다. 아니, 배급받았다고 하는 게 맞을 것 같다. 오전 9시부터 판다는 약국을 찾아갔는데, 30여 분 일찍 도착했음에도 이미 60여 명의 많은 사람이 긴 줄을 이루고 있었다. 한자리에서 꼬박 줄을 서 있으려니 허리도 아프고 다리도 아파 온몸이 배배 꼬여왔다. 그때 앞에 있던 사람이 '쿨럭~ 쿨럭' 거친 기침을 토해냈다. 몸이 자동으로 반응한 걸까, 순식간에 앞 사람도 나도 한 발짝씩 물러섰다. 바퀴벌레 보고 놀란 가슴 수박씨 보고 놀란다더니, 기침 한 번에 깜짝 놀라 정신이 번쩍 들었다. 이거야 원, 감염을 막으려고 마스크를 사려다가 오히려 감염되는 것은 아닌지 모르겠다. 시간이 되자 약사가 나와 번호표를 나누어주며 한다는 말이, 마스크가 아직 도착하지 않았으니 오후에 다시 오란다. 하마터면 마스크로 가린 입에서 욕지거리가 튀어나올 뻔했다.

마스크는 지정된 날에 사지 못하면 일주일을 기다려야 한다. 요일별 5부제로 팔기 때문이다. 그것도 두 장밖에 살 수 없다. 그걸로 일주일을 버텨야 하니, 마스크에 들러붙어 있던 바이러스가 그대로 코와 입으로 들어가는 것은 아닌지 모르겠다. 쓰던 걸 또 쓰기 위해 햇볕에 널어놓았다가, 어느 게 내 것인지 헷갈려 내가 아내 마스크를 쓰는 웃지 못할 일도 있다. 이런, 염병할! 언제까지 이래야 한단 말인가. 아이쿠, 내가 '염병할'이라고 했나? 이건 욕을 한 게 아니다. 코로나바이러스도 염병이 아니던가.

평일인데도 관악산은 입구부터 제법 사람들이 많다. 2008년 금융위기 때는 구조조정의 영향으로 직장에서 내몰린 사람들이 대거 산으로 몰려들었는데, 이번에는 바이러스를 피해 갈 곳 없는 사람들이 안전한 곳이 산이라고 생각하고 찾아온 듯하다. 스쳐 지나는 등산객들도 열에 아홉은 마스크를 쓴 채 산길을 걷는다. 얼마나 불안하면 등산하면서까지 마스크를 쓰고 있을까.

어쨌든, 겨울이 지나가고 봄이 찾아왔다. 바이러스와 미세먼지는 상관이 없다는 듯 어김없이 봄이 왔다. 나무들은 봄을 맞이하기 위해 분주하다. 가지마다 초록 잎을 틔워 내려 땅속 깊이 뿌리를 내리고 수액을 빨아올리는 모습이 눈에 보이는 듯하다. 땅속에서는 연녹색 새싹을 내밀어 세상 밖으로 내보내고 있다. 여리디여린 새싹을 자칫 밟을까 봐 조심스레 걸음을 옮긴다. 문득 인디언의 격언이 떠오른다.

"봄에는 가벼운 발걸음으로 조심조심 걸어라. 어머니 대지가 아이를 잉태하고 있으니까."

숲속 쉼터에 이르렀다. 잠시 평상 앞 나무 벤치에 걸터앉았다. 주위에 빙 둘러선 나무 사이로 싱그러운 바람이 솔솔 불어와 귓가를 스치며 봄이 왔음을 속삭인다. 바람은 바이러스와 미세먼지에 쪼그라들었던 가슴속까지 깨끗이 씻어주는 듯하다.

저만치 산등성이에 노란 꽃이 수줍게 피어있다. 뭐가 그리 급했는지 잎이 나기도 전에 꽃부터 피었다. 무슨 꽃일까? 한걸음에 달려가 본다.

"이름이 뭐니?"

"내 이름을 아직도 모르니? 나는 생강나무야."

"네가 바로 봄의 전령사라는 생강나무구나. 그런데 왜 벌써 꽃을 피웠니? 코로나가 무섭지도 않니?"

"봄 마중하려고 꽃을 피웠어. 나는 코로나가 전혀 무섭지 않아. 나에게 들러붙을 염려가 전혀 없거든."

"아하~, 그렇구나. 그런데 왜 너에게선 향기가 나지 않니?"

"음~, 나는 옷을 벗어야 향기가 나. 부끄러우니까 내 옷을 조

금만 벗겨봐."

나뭇가지 껍질을 살짝 벗겨보았다. 생강 냄새가 은은하게 풍겨 나와 코끝을 간지럽힌다.

머지않아 봄이 무르익으면 진달래와 철쭉이 온산에 활짝 피고, 검은등뻐꾸기가 날아와 '홀딱 벗고' 노래를 하겠지. 그즈음이면 코로나바이러스도 물러가지 않을까.

며칠 전, 친구와 전화 통화를 했다. 대화는 이런저런 얘기 끝에 자연스럽게 코로나바이러스로 흘러갔다.

"너는 걱정 없겠다. 우리나라 산을 속속들이 알고 있으니, 당분간 안전한 산에 들어갔다가 잠잠해지면 나와라."

"그럴까?"

"그럴까가 뭐냐. 당장 보따리를 싸라."

문득 십승지(十勝地)가 생각난다. 조선시대 때 정감록에 나오는 십승지. 전쟁의 영향을 받지 않고 질병이 침입하지 못하는 안전한 곳이 십승지가 아니던가. 지금 그런 별천지가 있을까? 사람보다 더 똑똑한 바이러스가 어딘들 쫓아오지 못하랴.

그냥 이대로 이따금씩 몸과 마음을 달래러 산으로 가야겠다.

나 좀 위로해줘

　달마가 동쪽으로 간 까닭은? 나는 창살 없는 감옥에서 풀려
나자마자 한걸음에 산으로 달려갔다. 내가 산으로 간 까닭은
달마대사처럼 거창하지는 않다. 언제 찾아도 어머니 품처럼 포
근한 그 품에 안기고 싶어서였다.

　지난 설 명절은 5인 이상 모임 금지에 따라 아들과 손자만 다
녀갔다.

　이튿날, 아침을 먹고 가까운 응봉산에 갔다. 응봉산과 대화
산을 한 바퀴 돌아 내려오다가 휴대폰을 열어봤다. 부재중 전
화와 문자가 와있다. 문자를 열어보니, 구로보건소이다. 내가
다니는 헬스클럽에서 다수의 확진자가 발생했다는 내용이다.

　놀란 가슴을 겨우 진정시키고, 바로 전화를 했다. 능동감시
대상자로 분류되었으니 신속하게 검사를 받으라고 한다. 기침
이나 가래도 없고 체온도 정상이며 몸 상태도 지극히 양호하다

고 하니, 그래도 검사를 받아야 한다고 한다.

아뿔싸, 내가 코로나바이러스에 감염된 것은 아닐까? 그렇다면 뭐가 잘못된 걸까? 도대체 어디서 문제가 발생한 걸까? 날짜별로 헬스클럽에서 있었던 일을 하나하나 되새겨 봐도 딱히 짚히는 부분은 없었다. 입장할 때 체온을 체크하고 손소독제를 바르고 마스크를 확실하게 착용했다. 유산소 운동이 좋지 않을 거라는 생각에 러닝머신에서 숨차게 뛰거나 걷지도 않고 근육 운동만 했다. 누구하고든 시시덕거리지도 않았다. 탈의실에서 환복할 때조차 마스크를 벗지 않았다. 착용한 마스크는 운동을 마치면 바로 버리고 새것으로 교체했다. 다만 한 가지, 운동 후 샤워를 한 점이 마음에 걸린다. 마스크를 벗고 샤워를 할 수밖에 없어 최대한 빠르게, 약 3분 정도 마스크를 벗었다. 3분의 짧은 시간, 그게 잘못된 거라면 '재수가 옴 붙었다'라고 할 수밖에.

집에 돌아가는 길에 신도림역에 설치된 선별검사소로 직행했다. 검사소 앞에 줄이 서 있는데, 끝은 보이지 않고 쉽게 줄어들지도 않았다. 한 시간 정도 줄을 서서 차례를 기다린 끝에 검사를 받았다. 하얀 방호복을 입은 의료진 한 명은 면봉으로 입안을, 다른 한 명은 면봉을 콧구멍에 넣어 검체를 채취했다. 콧구멍을 후빌 때는 눈물이 핑 돌았다.

가슴속에 알 수 없는 불안감이 꿈틀거리고, 별의별 생각이 끊임없이 이어져 잠을 이룰 수가 없었다. 만약 확진되면 어떡하지? 내가 확진되는 것보다 더 두려운 건 손자이다. 바로 어제

손자와 아무것도 모른 채 얼굴을 부비며 놀았는데, 그 어린 손자는 무사할까? 또 아들과 며느리와 손녀는? 손주들이 다니는 유치원과 어린이집은? 이송되어 치료받을 터인데, 연명치료를 하지 말라고 미리 얘기해 놓을까? 차라리 모든 걸 운명에 맡기고 인적 없는 깊은 산속으로 들어갈까? 그러려면 텐트부터 장만해야 하는데…. 이런저런 생각에 생병이 날 것만 같았다.

뜬눈으로 밤을 새우다시피 하고 날이 밝았다. 매스컴에서는 온통 코로나 발생 현황을 주요 뉴스로 쏟아낸다. 내가 다니는 헬스장에서도 48명이나 확진자가 나왔다. 함께 운동하던 많은 사람이 감염이 되었는데, 바이러스가 나만 비켜갈까 싶었다. 저녁때가 다 되서야 문자가 왔다. 애타게 기다리던 문자이다.

"귀하의 2월 13일 코로나19 선제검사 결과는 음성(정상)입니다. 자가 격리 철저히 이행해주시기 바랍니다."

뛸 듯이 기뻤다. 천운이라는 생각밖에 들지 않았다. 가만 생각해보니 감염이 되지 않은 것은 마스크 덕분인 듯했다. 만약 마스크 쓰기를 소홀히 했더라면….

그런데 검사 결과가 음성으로 나왔더라도 14일간 자가 격리를 해야 할 것을 생각하니 기쁜 마음도 잠시 뿐이었다. 확진자가 아닌 걸 기뻐해야 할지, 자가 격리하는 걸 슬퍼해야 할지 나도 모르겠다.

내 삶이 잠시 폭풍우를 만나 표류하다가 어딘지 모를 무인도에 고립되어 있는 것만 같다. 마음의 평온을 찾기 위해 도올 김

용옥 선생이 쓴 도덕경 『노자가 옳았다』를 펼쳐들었다. 그런데 책 속의 글자들이 꿈틀거리면서 뒤죽박죽되는가 싶더니 하나씩 허공으로 사라지고 백지만 남는다. 머리는 실타래가 뒤엉켜 있는 것처럼 어수선하기만 하다.

이를 어떻게 풀어야 할지 감조차 잡히지 않는다. 그렇다고 멍 때리고 있을 수만은 없지 않은가. 그냥 가볍게 읽을 수 있는 에세이나 단편소설을 읽어보는 수밖에. 무라카미 하루키의 에세이집 『장수 고양이의 비밀』과 『일인칭 단수』, 단편소설집 『여자 없는 남자들』을 주문했다. 그런데 그것으로는 부족할 것 같았다. 부랴부랴 국내 몇몇 작가의 산문집을 추가로 주문했다.

하루걸러 한 번씩 담당자가 찾아오고, 날마다 담당자와 AI의 전화가 걸려 왔다. 발열, 기침, 가래 등 이상 증세는 나타나지 않았는지 묻는다. AI의 전화를 처음 받았을 때는 사람인 듯, 사람이 아닌 듯 어리둥절했다. 중년 여성의 부드럽고 상냥한 목소리에 자연스럽기까지 하여 사람이라고 해도 그냥 넘어갈 뻔했다. 담당자로부터 '인공지능 콜'이라는 얘기를 듣고서야 사람이 아닌 줄 알았다.

자가 격리를 하면서 밀접한 사람은 유일하게 관내 코로나상황실 담당자이다. 마스크로 완전무장하여 정확한 나이는 알 수 없으나 대략 30대 초반의 젊은 여성 2명이 집으로 찾아와 내 담당자라고 했다. 이들이 왔을 때 현관문을 열어주며 들어오라고 하니, 정색을 하며 문 앞에 선 채로 설명했다. 이들이 올 때마다 나는 현관문 밖으로 딱 한 발자국 나가는 특혜를 누렸다.

담당자는 마스크, 항균비누, 물티슈, 살균소독제, 손소독제, 비닐장갑, 퓨리밴드 등 한 보따리 들고 와서, 자가격리 앱을 휴대폰에 설치해주고 이렇게 저렇게 생활하라고 설명했다. 건네받은 인쇄물에는 수칙을 지키지 않으면 1년 이상의 징역 또는 1천만 원 이하의 벌금에 처한다는 경고의 글이 쓰여 있다. 경고문은 알아서 하라며 으름장을 놓는 듯했다. 으름장을 놓는다고 누가 그걸 지킬까? 법이 무서워서가 아니라 무증상 감염자도 있다고 하니, 감염 확산을 막기 위해 지켜야만 하는 일이다. 만약을 위해서 말이다.

동사무소에서는 필요한 게 있으면 지원해주겠다고 한다. 필요한 건 담당자가 모두 가져다 주었다 하니, 10만 원을 통장에 넣어줄 테니 알아서 쓰라고 한다. 살다 보니 이런 대접을 받을 때도 있는 모양이다. 갑자기 내가 VIP가 된듯하다.

어쩌다 방문을 열고 내가 거실로 나가면 거실에 앉아 텔레비전을 보고 있던 아내는 기겁하며 마스크부터 찾아 쓴다. 그리고는 못 볼 것을 본 것처럼 떨떠름한 표정으로 나를 바라본다. 밥을 먹을 때도 밥을 차려주고는 얼굴 안 보이는 곳으로 슬그머니 사라진다. 나는 말없이 피식 웃기만 하지만, 내가 마치 바이러스가 된 것 같은 기분이다.

뮤지션 요조의 산문집 『실패를 사랑하는 직업』을 읽다가 나는 그만 눈길을 멈추고 말았다. 미묘한 내 마음이 그대로 쓰여 있는 것 같아서이다.

"루시는 여전히 겁이 나. 그러나 겁이 난다는 사실은 하나도 겁이 안 나. 루시는 아주 용감하게 겁이 나. 그 마음으로 오늘 노래해볼게."

어찌어찌 하루하루를 보내고 13일째 되는 날, 코로나상황실에서 재검을 받으라고 한다. 그런데 대중교통은 절대로 안 되고 자가용이나 방역택시를 이용하란다. VIP답게 폼이나 잡으면서 방역택시로 갈까했더니, 관내 왕복 요금이 5만원이란다. VIP는 개뿔, 그냥 자가용으로 갔다.

격리 14일째 되는 날 오전, 재검 결과가 문자로 날아왔다. 심호흡을 하며 두근대는 가슴을 겨우 진정시키고 문자를 열어봤다.

"귀하의 코로나19 검사 결과는 음성(정상)입니다. 자가 격리 종료는 정오입니다."

담당자에게 전화하여 그간의 노고에 감사 인사를 했다. 그런데 말실수를 하고 말았다.

"수고 많으셨습니다. 또 뵙지요."

아뿔싸, 또 뵙다니, 이게 무슨 말이야. 또 자가 격리하겠다는 말이 아닌가? 아차 했으나 이미 전화를 끊은 뒤이다.

12시 땡! 배낭을 짊어지고 집을 나섰다. 콧노래가 저절로 나온다. 입가에 흘러나오는 대로 흥얼거리다보니 어느새 관악산 입구이다.

산을 오르는 내내 담당자와 AI의 상냥한 목소리가 귓가에 맴돈다. 오늘은 정상까지 오르는 게 목적이 아니라 산의 품에 안

기는 게 목적이다. 관악산 중턱 햇빛이 잘 드는 곳에 자리를 잡고 앉았다. 산은 새로운 봄을 맞이하기 위해 겨우내 억누르고 있던 숨을 몰아쉬고 있다. 나무에게, 바위에게, 숲의 정령께 지금까지 일을 하소연하며 어리광을 부렸다. "나 좀 위로해줘~"

사실 이번 자가 격리가 억울하거나 그런 것은 아니다. 살다 보면 이런 날도 있고 저런 날도 있는 법이니까. 오히려 내 평생 맛볼 수 없는 절대 고독의 진미를 만끽할 수 있었던 건 코로나 덕분이 아닐까, 라는 생각이 든다.

아직 마음은 추운데, 그래서 더 따스하게 내리쬐는 햇볕과 바람과 숲의 냄새에 딱딱하게 굳은 몸과 마음이 사르르 녹아내린다.

6부

일상의 능선

갈대에게 물어보다

바람에 날리는 갈대와 같이 항상 변하는 여자의 마음.

눈물을 흘리며 방긋 웃는 얼굴로 남자를 속이는 여자의 마음.

바람에 날리는 갈대와 같이 여자의 마음은 변합니다.

변합니다. 아~ 변합니다.

베르디의 오페라 '리골레토' 중 아리아에는 여자의 마음을 갈대와 같다고 했다. 작은 바람에도 이리저리 흔들리는 갈대와 여자의 마음이 같아서일까? 산행하기 위해 나선 길에 갈대에게 물어봐야겠다. 우매한 내가 답을 찾을 수 있을지 모르겠다.

전남 순천에 있는 천황산, 곡고산, 앵무산 산행을 하기 위해 신흥마을에서 숲길에 들어선다. 숲속의 나무들은 다가오는 겨울을 맞이하기 위하여 분주하다. 단풍의 소임을 다한 나뭇잎들은 하나둘 나무를 떠나 땅으로 내려온다. 한 자락 바람에 살랑이며 내려앉는 모습이 선녀가 하늘에서 옷자락을 너풀거리며 내려오는 것만 같다. 떨어진 낙엽은 보내는 가을이 아쉬운지 '바스락~'대며 노래한다.

용산전망대에 올라선다. 눈 앞에 펼쳐진 풍경은 한순간 멍해질 정도로 아름답고 고요하다. 마치 시간이 멈춰있는 듯하다. 갈대는 누군가가 의도적으로 만들어 놓은 것처럼 동그랗고 동그랗게 군락을 이루었다. 그 모습은 한 폭의 수채화이다. 아니, 수채화 그 이상 아름답다. 나도 모르게 "야~호" 소리가 나왔으나 소리 내어 외칠 수는 없다.

갈대밭 사이로 난 길을 따라 갈대밭 속으로 들어선다. 사람의 키보다 큰 갈대들이 빈틈없이 서 있다. 제 몸을 온통 황금빛으로 치장한 채 끝없이 이어져 있다. 갈대밭이 아니라 갈대숲이다. 때마침 불어온 갯바람에 갈대밭 전체가 일제히 춤을 추며 노래한다. 소리 내어 노래하는 것이 아니라 귓가에 나지막이 속삭이듯 노래한다.

갈대들이 바람에 이리저리 나부낄 때마다 햇살의 각도에 따라 은빛, 잿빛, 금빛으로 채색되는 모습이 황홀하기만 하다. 이토록 아름다운 갈대를 여자의 아름다움에 비유했더라면 저절로 고개가 끄덕여졌을 터인데, 굳이 여자의 마음에 비유한 뜻은 아무리 생각해도 모를 일이다.

갈대밭은 사람들로 북적인다. 여기저기서 갈대를 배경으로 사진을 찍느라 카메라 셔터 소리가 끊이지 않는다. 많은 사람이 바쁜 도시의 일상에서 벗어나, 모든 것을 잠시 내려놓고 여유를 즐기는 모습이 더없이 평화롭고 행복하게 보인다.

어느 순간, 수많은 사람은 보이지 않고 카메라 셔터 소리도 들리지 않는다. 갈대밭 속에 나 혼자 있는 것만 같다. 바람이 갈대를 어루만지자 구수한 바다 내음이 코끝에 스며든다. 하늘은 무슨 칠을 해도 좋을 만큼 맑다. 갈대숲이 내 몸을 포근하게 안아주는 것만 같다. 갈대에게 살며시 물어본다.

"갈대야. 여자의 마음이 너와 같다고 하는데, 그 이유를 너는 알겠지?"

갈대는 이리저리 몸을 흔들며 미소 짓기만 할 뿐 답이 없다.

사람이 살아가려면 많은 사람과 만날 수밖에 없다. 땅에 발을 붙이고 사는 한 사람들과 관계를 맺지 않고는 살아갈 수가 없다. 그런데 사람과 사람의 관계라는 것이 참으로 복잡하고 미묘해서 마음먹은 대로 되지 않을 때가 있다. 그중에서도 가장 까다롭고 변덕스러운 것은 아마도 남녀 관계가 아닐까 싶다.

등산을 즐기는 나는 주로 산에서 다양한 사람들을 만난다. 팀을 이뤄 산행하기에 몇몇 여성도 함께하기 마련이다. 물론 산에 들어서면 누구나 산객(山客)일 뿐이다. 직업이 뭐든, 나이가 많든 적든, 부유하든 가난하든 마찬가지다. 남자와 여자의 구분 또한 아무런 의미가 없다. 그럼에도 여성 산우들과의 관계는 조심스러울 수밖에 없다. 말 한마디, 행동 하나에서 뜻하지 않은 오해를 살 수 있기 때문이다.

오해를 사는 경우는 가장 가깝다는 부부간에도 예외는 없다.

언젠가 퇴근하고 집에 들어가자 아내는 나를 빤히 바라본다. 나는 웬일인가 싶었다.

"나, 어때? 뭐 바뀐 것 없어?"

"글쎄…."

아무리 살펴봐도 바뀐 것은 없다. 출근길에 본 모습 그대로 이다. 실은 머리 모양을 조금 바꿨는데 나는 그걸 눈치 채지 못했다. 긴 머리가 단발로 확 바뀐 것도 아니어서 알아차릴 수 없었던 것인데, 그걸 아내는 서운해한다.

여자들의 이해할 수 없는 심리에 나는 당황하고 말았다. 아내는 왜 직설적으로 "머리를 잘랐는데, 예뻐?"라고 묻지 않고, "뭐 바뀐 게 없어?"라고 떠보듯이 물었을까? 나를 무심한 사람으로 몰고 가려 했던 것은 아닌지, 아직도 그 속내를 알지 못한다. 알 수 없는 게 여자라더니, 여자의 마음을 읽는 관심법을 터득하거나 통역사를 두면 모를까, 내 머리와 경험으로는 알 수가 없다.

남자는 왜 여자의 마음을 잘 알아채지 못하는 걸까? 남자는 모두 화성에서 오고 여자는 모두 금성에서 와서일까? 아니면 생물학적으로 염색체가 달라서일까? 그건 아직도 모르겠다. 아, 정말 모르겠다. 세상 물정 웬만한 것은 꿰뚫어 볼 수 있는 세월을 살아왔건만, 아직도 알 수 없는 것은 여자의 마음이다.

남자들은 여자를 바람에 춤추며 시시각각 빛을 달리하는, 아름답고 부드러운 갈대에 비유한다. 그러나 그 아름답고 부드러움이 남자를 놀라게 하고 무릎을 꿇게 한다. 비밀을 품은 채, 우아한 바람의 춤을 춘다. 바람은 갈대를 이길 수 없고, 남자는 여자를 이해할 수 없다.

　그 오묘한 비밀을 갈대에게 물어보았으나, 갈대는 답이 없다. 아니 갈대는 온몸으로 답을 했으나, 우매한 나로서는 알아차릴 수 없었다.

보이는 게 모두 진실일까

우리가 보고 들은 것이 과연 모두 진실일까? 잘못 보고 잘못 들은 것이 아니라면, 똑바로 보고 제대로 들은 말이라 해도, 그대로 믿어도 되는 것일까?

공자가 제자들을 거느리고 진나라에 머물고 있을 때다. 양식이 떨어져 며칠 동안 아무것도 먹지 못했다. 어렵게 안회가 쌀을 구해와 밥을 지었다. 밥 지을 시간이 지났는데도 아무런 기별이 없자 공자는 슬며시 부엌을 들여다보았다. 이럴 수가, 충직한 제자로 믿었던 안회가 밥을 먹고 있는 게 아닌가. 모른 척하고 방에 돌아와 있으려니, 그제야 안회가 밥을 차려왔다. 공자는 안회에게 뉘우침을 주려고, 밥이 다 되었으면 먼저 조상께 제사부터 지내야 한다고 꾸짖었다. 안회는 깜짝 놀라며, 솥뚜껑을 여는 순간 천장에서 흙이 떨어져 들어가 그 밥으로 제사를 지낼 수는 없고 그렇다고 스승님께 드릴 수도 없고 버리

자니 아까워 흙이 묻은 부분은 먼저 먹었다고 자초지종을 말씀드렸다. 이에 공자는 안회를 의심한 것을 부끄러워하시며, 제자들에게 말씀하셨다.

"나는 나의 눈을 믿었다. 그러나 나의 눈도 믿을 게 못 되는구나. 너희들은 보고 들은 것이라도 반드시 진실이 아닐 수도 있음을 명심해야 한다."

관악산은 산도 좋거니와 거리도 가깝고 교통도 편리해 자주가는 곳이다. 아마 그런 이유로, 나뿐 아니라 누구라도 관악산을 자주 찾는 모양이다. 관악산에서 나를 봤다는 소리를 자주 듣는다. 아는 사람 어느 누구도 마주치지 않았는데, 멀찍이서 나를 보았다고 하는 사람은 여러 명 있다. 심지어 가지 않았는데 봤다고 하는 사람도 있다. 그곳에 갔든 안 갔든, 누굴 만났든 안 만났든 상관이야 없지만 불필요한 오해가 생길 수 있는 것이다. 그래서 더욱 세심하게 신경을 쓰고 찾아가는 곳이 관악산이다.

얼마 전 친구가 나를 관악산에서 봤다며, 불러도 대답도 하지 않고 왜 그냥 갔느냐고, 옆에 있던 사람이 누구냐며 전화가 왔다. 나는 그날 상주 갑장산에 있었는데 관악산에서 봤다니, 어떻게 설명해야 할까? 풍채와 걸음걸이가 비슷한 사람을 얼마간 떨어진 거리에서 보고 착각을 한 것이다. 통화하지 않았더라면 그날 그 시간에 관악산에서 누군가와 함께 있었던 것으로 기정사실화될 뻔했다.

그보다 더한 오해를 불러일으킨 적도 있다. 몇 년 전 관악산에서 숲길체험지도사로 활동하고 있을 때의 일이다. 어느 날 여성 지도사와 협의할 사항이 있어 등산로를 함께 걷고 있었다. 이를 등산하러 온 아내 친구의 친구가 봤다. 그 여성은 특종을 잡은 양, 현장에서 생중계하듯 아내의 친구에게 전화하여 호들갑을 떨었다.

"지금 어떤 여자와 관악산에 올라가고 있어. 어떡해. 꽤 다정하게 보여. 아무래도 보통 사이가 아닌 거 같아. 여자가 젊고 예쁘장해. 잘못 본건 아닐까 해서 몇 번이나 확인했는데, 틀림없어. 사진까지 찍어놨어. 웬일이야. 그렇게 안 봤는데. 어쩜 좋아."

이를 전해 들은 아내의 친구는 아내에게 즉시 전화를 했다. 말이 굴러가면 보태지는지, 한 다리 거치고 보니 손을 잡고 갔다는 말까지 붙어 있었다.

영문도 모른 채 퇴근하여 집에 들어갔다. 아내의 표정이 전에 없이 돌처럼 굳어있었다. 차려주는 밥을 먹으면서 무슨 일이 있기에 그럴까, 아무리 생각해봐도 짐작조차 되지 않았다. 밥을 먹고 나자 아내는 기다렸다는 듯이, 오늘 어디 가서 무얼 하다 왔느냐며 솔직히 얘기하라고 눈에 불을 켜고 따지고 들었다. 근무하고 왔다고 하자, 아내는 휴대폰을 열어 사진을 들이대며, 이래도 시침 뗄 거냐며 다그쳤다.

사진을 보니, 나란히 걷고 있는 모습이 그럴 듯하게 보였다. 영문을 모르는 사람이 보면 영락없이 연인 사이로 오해할 만했다. 하지만 조금도 잘못한 게 없어서인지 실소부터 터져 나왔다. 웃으며 자초지종을 설명하니, 어안이 벙벙한 표정으로, 그렇다면 왜 다정하게 대했느냐? 손은 왜 잡았느냐? 어떻게 된 거냐며 그래도 못 믿겠다는 투였다.

결국 이틀 동안 진땀 나게 시달린 끝에 간신히 무마는 되었지만, 아직도 그 여파는 남아 있는 셈이다. 그 이후 툭하면, 밖에서 다정하게 대하는 거 자기에게 반만이라도 해보라고 잔소리를 늘어놓으니 말이다.

나를 본 아내 친구의 친구는 나도 아는 사람이다. 나를 봤을 때 아는 척만 했어도 이런 오해는 없었을 터인데 민망스러워 모른척했다고 한다. 그 와중에 사진까지 찍어 친구에게 전화를 걸 때는, 아마 자기 눈으로 본 것이 진실이라고 철석같이 믿었을 것이다. 그 잘못된 믿음이, 멀쩡한 한 가정을 깨기에는 부족했지만, 어느 부부의 평화로운 저녁 식사를 망치기엔 충분했다.

나는 늘 내 행동만 떳떳하면 아무 문제없다고 생각했다. 사소한 오해쯤은 가볍게 해소할 수 있다고 믿었다. 그런데 관악산의 사진 사건은 내 믿음에 작은 흠집을 냈다. 만약 그 사진이 누군가의 손에 들어가, 산이 아닌 다른 곳을 배경으로 합성되었다면 아내는 내 말을 믿어주었을까, 모골이 송연해진다. 또한 누군가 악의를 가지고, 불미스러운 현장에서 나를 봤다며 사진까지 제시하는 경우엔 꼼짝없이 연루될 수도 있는 것이다.

실제 그런 일이 일어나기도 한다. 억울한 누명을 쓰고 수년 간 옥살이하다 진실이 밝혀져 무죄로 풀려나는 황당한 경우도 있지 않은가. 어떤 목적을 갖고 조작된 가짜 뉴스가 언론매체 나 인터넷을 통하여 급속도로 유포되고, 거기에 연루되어 낙인 찍히는 사람들. 또한 그것이 모두 진실이라고 쉽게 믿어버리는 사람들. 청문회 또는 법정이나 언론에서 진실 게임을 하는 사 람들. 거짓말을 하는 사람의 얼굴이 더 의연하고 당당하니, 무 엇이 진실이고 무엇이 거짓인지 알 수 없는 혼돈의 세상 속에 서 살아가고 있는 것만 같다.

직접 보고 들은, 확신을 갖고 진실이라고 믿었던 것들이 모 두 진실일 수는 없는 것이다. 성인이신 공자께서도 눈으로 봤 다는 것만으로 기정사실화하고 제자를 꾸짖었는데, 하물며 우 리 같은 범부에 지나지 않는 사람들이야.

어쩌면 우리는 무엇인가를 진실이라고 믿는 순간, 그 믿음에 발목 잡혀 살아가고 있는 것은 아닐까?

충청도 사람들

현대를 살아가는 데 필요한 덕목은 뭘까? 누군가는 느림과 여유라고 한다. 일 분 일 초를 쪼개고 다투며 사는 일상생활 속에서 한 박자 멈추어 심호흡하려면 대단한 결단이 필요하다. 그런데 그 느림과 여유를 타고난 사람들이 있다. 그런 사람들을 만나서 한 수 배우고자 한다면 충청도로 가볼 일이다. 그곳에 가면….

충청도 외진 곳에 등산을 갔다. 터미널에서 산 입구까지는 마땅한 교통편이 없어 택시를 타는 수밖에 없다. 개인택시 차부에 가니 문이 잠겨있고 전화번호만 달랑 붙어 있다. 면 소재지여서 다른 택시도 없다. 전화를 하여 호출했다.

"금방 갈께유~"

기사의 말을 듣고, 20여 분을 기다렸으나 감감 무소식이다. 다시 전화했다.

"금방 가유~"

기사는 같은 말만 되풀이한다. 30여 분만에 택시가 오기에, 기사에게 "바쁘셨나 보죠?"라고 한마디 했다.

"얼라, 시수라두 허구 나와야지유~"

기사는 미안하다는 말은커녕 당연하다는 표정이다. 뭐라 대꾸할 말도 생각나지 않는다. 이럴 땐 웃어야 할까, 울어야 할까?

산행을 마치고, 그 기사에게 전화하여 와달라고 했다.

"글쎄유. 쬐끔 지둘려야 되는디유~"

금방 온다는 택시가 30여 분만에 왔으니, '쬐끔 지둘려야' 한다는 택시는 얼마나 기다려야 할까? 언제 올지 모르는 택시를 마냥 기다리고 있을 수는 없었다. 지나는 차를 겨우 얻어 타고 터미널에 왔다. 만일 내가 '쬐끔 지둘려야' 하는 쪽을 택했다면 아직도 택시를 기다리며 산 밑에 망연히 앉아있었을지도 모른다는 생각에 혼자 웃었다. 충청도는 역시 충청도로구나, 생각하며.

친구 중에 '슬로 라이프(slow life)'를 실천하며 사는 친구가 있다. 빠르게 돌아가는 생활의 속도를 조금 늦춰 여유롭게 살아가는 모습은 내가 배워야 할 점이다. 하지만 나는 왠지 이 친구에게서 답답함을 느끼고는 한다. 어느 날 이 친구에게서 전화가 와 반갑게 받았다.

"친구구나, 웬일여?"

전화를 걸어온 친구는 아무런 말이 없다.

"친구 아녀?"

거듭 물어보니, 그제야 말을 한다.

"나여. 뭐 허냐?"

그 친구 특유의 느린 목소리이다. 꼭 이렇게 한 박자 쉬며 더 묻게 만드는 탁월한 화법!

통화만 그런 게 아니다. 어쩌다 만나기라도 하면 세월아 네월아 만사 느긋하다. 먹는 것도 느려 내가 식사를 마치면 이 친구는 반밖에 먹지 않았다. 함께 있으면 자꾸만 몸이 늘어지고 하품이 나온다. 어디를 갈라치면 운전도 천천히 한다. 고속도로에서도 앞에 차량이 있건 없건 80킬로미터 이상은 밟지 않는다. 뒤따라오던 성미 급한 차가 '빵~빵'거려도 못 들은 체 한다. 산을 가든 강을 가든, 어디를 가든 삼보일식(三步一息)이다. 세 걸음 걸으면 한 번씩 쉬어 심호흡하고 주변 경관을 살핀다. 세상 급할 게 없다. 나는 축 늘어지는데, 친구는 그게 좋다고 한다. 느리게 사는 만큼 시간도 천천히 흐르는 걸까? 또 그만큼 오래 사는 걸까? 나는 그게 궁금하다. 만나면 그걸 물어봐야겠다.

택시 기사와 친구의 말과 행동, 그게 느림과 여유일까?

"충청도는 서울에서 가까운 남쪽에 있어 사대부들이 모여 사는 곳이다. 그리고 여러 대를 서울에 살면서 충청도에 전답과 주택을 마련하여 생활의 근본으로 삼지 않은 집이 없다."

조선 후기의 실학자 이중환이 쓴 『택리지』에 있는 글귀이다. 그래서 그럴까? 예로부터 점잖고 과묵한 양반의 고장으로 일컬어지는 곳이 충청도이다. 그러나 나는 '양반'이라는 표현이 영 마뜩하지 않다. 충청도가 내 고향이긴 하지만, 어찌 보면 답답한 사람이 충청도 사람이기 때문이다. 누가 뭘 물어도 직설적으로 딱 부러지게 대답하지 않는다. 자기 의견을 내세우는 경우도 많지 않고 돌려 말한다. 끊고 맺는 게 분명하지 않고 좀처럼 속마음을 드러내지 않는다. 그래서 무슨 생각을 하는지 알 수 없다. 그러니 답답하다고 할 수밖에. '양반'이라는 말은 이런 면을 듣기 좋게 포장한 말이 아닐까?

　나는 고향을 떠난 지 40년이 넘었으나, 지금도 향우회나 동창회에 가면 고향 사투리를 쓴다. 나만 그런 게 아니다. 타향에 살며 타향 말을 쓰던 친구들 모두 어릴 적 고향 사투리로 돌아간다. 사투리는 쓰지 않으려 해도 저절로 튀어나온다. 태어나고 자라면서 지역 특유의 기질을 물려받아 웬만해선 고쳐지지도 않는다. 또한 남의 말을 흉내 내기도 어렵다.

　지방마다 말씨와 말투 자체가 다르고 지역 특유의 기질이 담겨있다. 충청도 사투리는 결코 서두르거나 튀는 억양이 아니다. "괜찮나유~", "그래유~" 등 부드럽고 편안하고 따뜻함이 느껴지지만, 어중간하고 느리다. 반면에 호남 사투리는 어떤가? "거시기", "그라제" 등 다소 억센 느낌을 주지만 구수하면서도 정겹다. 영남 사투리는 또 어떤가? 빠르고 억양이 강하여 무뚝뚝하게 느껴진다. "우야꼬", "문디 가스나야" 등 일상적인 대화도 왁자지껄하다.

각 지역 사투리가 그 지역 사람의 인상을 결정하는 데 큰 영향을 끼치는 것은 사실이다. 충청도 사람들이라고 하나같이 느리고 여유만만한 것은 아니다. 말이 느리다 보니 그렇게 보일 뿐이다. 충청도 사람들이 느리고 어리숙할 거라는 고정관념을 가지고 접근했다가는 깜짝 놀랄 일이 많을 것이다. 눈치가 빠르면 절에 가서 새우젓을 얻어먹는다고, 약삭빠를 정도로 민첩한 사람이 더 많다. 제 밥그릇은 제가 챙겨야지 느려터지면 개 밥그릇 신세를 면치 못한다는 것을 익히 알고 있기 때문이다. 져주는 듯하며 결국 이기는 사람들이 충청도 사람들이 아니던가.

달팽이는 달팽이의 속도로, 사람은 사람의 속도로 살아가야 한다. 같은 사람 중에도 남보다 빠른 사람도 있고 느린 사람도 있을 것이다. 빨라야 할 때가 있고 기다려야 할 때가 있을 것이다. 그러나 거의 모든 사람은 무엇인가에 쫓기듯 앞만 보며 살아간다. 한숨 돌릴 겨를도 없이 목적지를 향해 달려가듯 말이다.

잠시 그 길을 벗어나 샛길에 들어 속도를 늦추고, 이것저것 살펴보고 되돌아보는 것, 그 순간을 음미하고 즐기는 것. 그것이 느림과 여유가 아닐까? 그런 마음의 여유를 가질 수 없다면 말과 행동에 완급을 조절해보는 것은 어떨까? 어느 고장 어느 누구든 살면서 가끔씩은 충청도 스타일로….

"내 말이 마저유, 틀려유?"

길 위의 고수

"아이씨! 아저씨!"

난데없이 앞쪽에서 여성의 날카로운 목소리가 다급하게 들려왔다. 동시에 버스가 급브레이크를 밟으며 차가 크게 출렁였다. 깜짝 놀라 감았던 눈을 번쩍 떴다.

호남정맥 산행을 하기 위해 전남 순천에 가는 길이다. 새벽 3시쯤 되었을까, 산악회 버스는 산행 들머리인 빈계재에 가기 위해 좁고 구불구불한 고갯길을 달리고 있었다. 좌우로 흔들리면서 달콤한 잠에 취해있었다. 그러다 어느 순간 고막을 때리는 다급한 소리에 잠에서 깬 것이다.

살펴보니, 버스가 차선을 벗어나 추락 직전에 있었다. 도로 아래는 수십 길 낭떠러지여서 그대로 버스가 굴렀으면 대형 참사를 면치 못할 아찔한 상황이었다. 가까스로 참사를 모면했으니 우선 가슴부터 쓸어내렸다. 어찌된 일인지 물어보니, 운전

기사가 깜박 졸았다는 것이다. 그나마 사고가 안 난 것은 졸며 운전하는 기사를 보고 맨 앞자리에 앉아있던 여성 대원이 다급하게 소리를 쳤기 때문이다.

'아이씨'라고 소리친 대원은 평소에 거칠게 말하던 여성이 아니다. 상황이 급박하다 보니 자기도 모르게 튀어나온 말일 수도 있고, 어쩌면 내가 잠결에 잘못 들은 말일 수도 있다. 어쨌거나 사고를 막은 게 천만다행이지, '아저씨'라고 했든 '아이씨'라고 했든 더한 욕지거리를 했든, 대수인가 싶었다.

졸음운전은 누구나 예외일 수는 없다. 나도 졸음운전 때문에 하마터면 저승에 갈 뻔한 적이 있다. 꽤 오래전, 등산하기 위해 이른 새벽에 고속도로를 달리고 있었다. 얼마를 갔을까, 졸음이 몰려왔다. 단조로운 도로를 장시간 운전할 때 생긴다는 도로최면에 걸린 것이다. 휴게소도 아직 멀었다. 지금은 졸음휴게소가 곳곳에 설치되어 있지만 그때는 그런 곳도 없었다. 졸음을 쫓기 위하여 라디오를 크게 틀어보기도 하고 몸을 움직여보기도 했다. 스스로 뺨을 때려보기도 하고 허벅지를 꼬집어보기도 했다. 별의별 짓을 다 해봐도 소용이 없었다. 나도 모르게 눈이 감겨왔다. 몇 초나 졸았던 걸까? 졸음에서 깨어보니 차는 이미 차선을 벗어나 가드레일을 들이받기 직전이었다. 급히 핸들을 바로 잡고 속도를 줄였다. 너무 놀라 식은땀이 배어 나오고 있었다.

그 일이 있고 난 뒤 습성 하나가 생겼다. 운전 중 졸음이 온다 싶으면 아무리 바빠도 휴게소를 지나치지 않는다. 휴게소에 들어가 찬물에 머리를 감고 커피를 마신다. 그렇게 해야만 졸음이 달아난다.

실제로 졸며 운전하는 사람이 꽤 많은지, 고속도로를 달리다 보면 안전운전을 위해 설치한 각종 경고문을 자주 만난다.

"깜박 졸음, 번쩍 저승." "졸음운전 모든 걸 잃습니다." "졸면 죽는다."

직설적인 표현으로 운전자의 마음을 불편하게 하는 건 그렇게 해서라도 졸음을 쫓아주기 위한 고육지책인 모양이다. 그런가 하면 한결 부드러운 표현도 보인다.

"봄바람은 차 안으로, 졸음은 차 밖으로" "안전띠 딸깍! 행복을 붙잡는 소리" "꿈꾸며 달리지 말고 꿈을 향해 달려요."

얼마나 좋은 표현인가. 이같이 순화된 표현을 보면 마음이 한결 편안해진다.

물론 누군가는 직설적이고 위협적인 표어가 더 효과적이라고 말할지도 모르겠다. '아이씨'라고 외친 여성 대원도 그런 생각으로 안 쓰던 말까지 썼는지 모르겠다. 그러나 나는 생각이 다르다. 이미 꾸벅꾸벅 졸고 있는 사람에겐 죽음의 경고도, 욕설도 별 효과가 없다. 졸음을 없애는 건 휴식뿐이다. 고속도로의 표어는 졸기 전에 보라고 있는 것이다. 졸기 전에 미리 쉬라는 뜻이다. 그렇다면 굳이 불편한 표현까지 쓸 필요가 있을까?

그러고 보니 생각나는 한 사람이 있다. 운전하다가 스친 수

많은 사람 중 한 분이지만, 요즘도 가끔 미소를 지으며 떠올리게 되는 그분. 그분을 만난 건 제천 근처에서였다.

그날, 제천에 있는 동산과 작성산에 등산을 가는 길이다. 제천을 지나는 중앙고속도로 아래에는 일차선 지방도 삼거리가 있고, 삼거리에는 고속도로를 받치고 있는 커다란 시멘트 기둥이 있다. 삼거리에서 우회전하려고 좌우를 살펴봤으나 차량은 보이지 않았다. 무심코 우회전하는 순간, 시멘트 기둥에 가려져 보이지 않던 승용차가 튀어나왔다. 아슬아슬하게 들이받는 것은 면했지만 눈앞이 아찔했다. 직진 차량 우선이므로 변명의 여지 없이 내가 잘못한 것이다. 차에서 내려 사과하기 위해 그에게 다가갔다.

"많이 놀라셨죠? 제가 조심했어야 하는데, 미안합니다."

"그럴 수도 있지요. 사고 안 나서 다행이네요."

거듭 사과했으나, 그분은 인상 한 번 쓰지 않고 웃음 띤 얼굴로 손까지 흔들며 괜찮다고 한다. 나 같으면 뭐라 한마디했을 텐데, 요즘 세상에 이런 분이 있다니…. 가뭄 끝에 단비를 만난 듯 신선하다. 지금도 그분의 미소 띤 모습을 떠올리면 저절로 미소 짓게 되고 기분이 좋아진다.

그분의 넉넉한 마음과 미소는 어디에서 오는 것일까? 아마 천성이 유순하고 여유로운 분이 아닐까 싶다. 그러나 아무리 태평한 사람도 운전하다 보면 거칠어지게 마련 아닌가? 언제나 품위를 지키던 여성이 아찔한 상황에서는 '아이씨'라고 외치듯이 말이다. 모르긴 몰라도 운전하며 스스로 마음의 수양을 쌓아 오신 듯하다. 제천의 그분이야말로 길 위의 고수가 아닌가?

　사람이 운전하는 것보다 더 안전한 자율주행차가 나올 날이 머지않았다고 한다. 그렇다면 졸음운전이란 말도 사라질 것이다. 졸음이 오면 한숨 푹 자면서 가면 되니까. 그때쯤엔 우리 모두 길 위의 고수가 되는 것일까? 아니면 고수가 영영 사라지는 것일까?

임도 보고 뽕도 따고

사랑하는 임을 보기 위해 등산을 갔다. 임과 일 년 만에 재회의 기쁨을 나눴다. 산에 간 김에 임을 본 게 아니라 임을 보기위해 산에 갔다. 임도 보고 뽕도 따고, 마당 쓸고 돈도 줍고.

식이위천(食以爲天)! 먹는 것으로 하늘을 삼는다는 말이 실감나는 세상이다. 인간의 원초적 본능인 동시에 생명 유지의 근원인 먹는 행위가 요즘은 소통과 자기표현, 문화의 한 면이 되었다. 이제는 살아가기 위해 먹는 게 아니라 즐거움을 맛보기위해 음식을 먹고 있는 것이다. 음식을 맛깔나게 만들고 먹는 '먹방'이 인기를 더해가는 요즘이다.

요즘 횟집에 가면 너나없이 펄펄 살아있는 해물을 내놓으며 선도를 자랑한다. 하지만 살아있는 밴댕이는 결코 볼 수가 없다. 그물에 걸려 올라온 밴댕이는 잠시도 가만 있지 못하고 팔짝팔짝 뛰다가 제풀에 금세 죽어버린다. 그 모습을 뱃전에서 직접 본 어부들은 밴댕이가 제 좁은 속을 못 이겨 애간장이 타 죽었다고들 말한다. 아닌 게 아니라 밴댕이의 내장은 몹시 협소하다. 속이 좁긴 좁은 것이다. 그래서 사람들은 고집이 세고 속이 좁아 잘 토라지는 사람을 일컬어 '밴댕이 소갈머리 같다.' 라고 하나보다.

인간보다 더 잔인한 동물이 있을까? 밴댕이를 잡아 회를 뜨고 젓을 무쳐 즐기면서도 한편으로는 옹졸함의 대명사라는 누명까지 씌웠으니 말이다. 그것이 원통하고 억울해서일까? 밴댕이는 인간을 피하는 듯 보인다. 깊은 바다에서 살다가 5월 중순부터 7월 초순까지 수심 얕은 곳에 잠시 나와 살을 찌우고 산란한다. 그리고는 다시 깊은 바다로 미련 없이 사라진다. 때 맞춰 보지 않으면 보고 싶어도 볼 수가 없다. 그러니 지금, 만나보러 가야 하지 않을까?

밴댕이를 만나기 위해 강화 마니산으로 등산을 갔다. 마니산에 밴댕이가 있어서가 아니라 산 아래 포구에 가야만 싱싱한 밴댕이와 마주할 수 있어서이다. 그곳 포구가 바로 선수포구이다. 정수사에서 정상에 올라 단군이 쌓고 제를 올렸다는 참성단을 알현하고, 상봉을 지나 선수포구로 하산했다.

바다가 한눈에 보이는 바닷가 횟집 야외 식탁에 자리 잡고 앉았다. 방도 있으나 청승 떨며 방구석에 틀어박히고 싶지는 않았다. 포구에는 어선들이 바다에 몸을 맡긴 채 한가로이 쉬고 있다. 갈매기는 비상을 즐기는 듯 수평선에 발자국을 찍어

놓고 하늘로 치솟고 다시 내려왔다가 날아오른다. 고기잡이배가 들어오자 끼룩끼룩 울며 어선 주위를 맴돈다. 비릿한 바다 내음이 산들바람을 타고 물씬 전해져온다.

코스 요리를 주문한다. 회, 무침, 구이까지 골고루 맛보기 위해서이다. 칼질하지 않고 머리와 뼈를 통째로 발라낸 회 한 접시가 먼저 나온다. 살색이 뽀얀 걸 보니 금방 바다에서 뛰쳐나온 듯하다. 갓 잡은 밴댕이의 속살은 하얗다. 죽은 지 한나절만 지나면 붉은색으로 변한다. 일반 횟집에서 파는 밴댕이는 냉동시켜놓은 것으로 붉은색으로 변해있는 것뿐이다. 지금 눈앞에 있는 것은 연한 핑크빛이 감돌 뿐 흰색에 가깝다. 선도가 떨어지면 비린내가 나는데, 그조차 나지 않는다.

회의 참맛을 느끼기 위해 상추쌈도 하지 않고 초고추장에 살짝 찍어 입안에 쏙 넣는다. 혀끝에서 사르르 감도는 게 기름지고 고소하고 차지기가 그만이다. 이곳은 물살이 강해 물고기의 운동량이 많아 차진 맛은 덤이다.

각종 채소와 함께 양념장에 버무리고 그 위에 볶은 깨를 살짝 뿌려놓은 회 무침. 보기만 해도 나도 모르게 침이 넘어간다. 한입 넣어보니 아니나 다를까, 새콤함과 달콤함에 밴댕이 특유의 향까지 절묘하게 어우러진다. 술을 잘 마시는 친구는 술맛이 절로 난다며, 약을 살살 올리며 연거푸 잔을 기울인다. 마시고 싶은 욕구는 꿈틀댔으나 자제해야만 하는 나 자신이 안쓰럽다. 금주를 시작하고 매년 서너 번은 꼭 후회한다. 오늘도 후회막급한 하루이다.

굵은 소금을 쳐서 구운 밴댕이구이는 노릿하게 구워진 자태와 고소한 냄새에 보는 것만으로도 눈과 코가 동시에 취한다. 입안 가득 퍼지는 맛은 어찌 이리 고소한지, 씹을수록 고소하다. 거기에 강화 특산물인 순무 김치 한 조각을 곁들이자 그 맛이 별미 중 별미이다. 뭐 하나 버릴 게 없이 머리부터 꼬리까지, 내장은 물론 뼈까지 통째로 씹어 먹는 맛이란 가을 전어 저리 가라다.

전어 굽는 냄새에 집 나간 며느리 돌아온다던가? 밴댕이 굽는 냄새도 그에 못지않다. 염치 불고하고 머리 조아리며 돌아오게 할 마력이 있다. 집 나간 며느리가 있다면 가을까지 기다릴 일이 아니다. 지금 바로 밴댕이를 구워 며느리를 불러들이자.

파와 콩나물을 넣고 끓인 뜨거운 바지락탕 국물을 후후 불며 한 모금 마시니, 개운하고 시원한 게 입가심에 제격이다.

밴댕이야! 너를 만나니 오장육부가 시원하게 풀리는 건 말할 것도 없고 산행으로 쌓인 피로까지 싹 가시는구나. 그러니 어찌 너를 사랑하지 않을 수 있으랴. 이토록 환상적인 너에게, 사람들은 뭣도 모른 채 당치도 않은 오명을 씌운 것 같구나. 밴댕이야, 미안하고 고맙다. 그리고 사랑한다.

내가 사랑하는 제철 음식으로는 밴댕이 외에 또 하나가 있다. 그건 바로 당진 장고항 실치이다. 실치도 봄 한철, 4월 초순에서 5월 초순까지 딱 한 달만 만날 수 있다. 이때가 지나면 실처럼 가늘던 것이 뼈가 굵어지고 커져 회로는 만날 수 없다. 회

무침, 아욱과 된장을 넣고 끓인 실치 국, 부침개는 그야말로 천하 일미이다.

극히 제한된 시기에, 극히 제한된 곳에서만 만날 수 있는 실치와 밴댕이. 해마다 이들을 만나기 위해 열 일 제쳐 두고 장고항과 선수포구를 찾는다. 임을 보기 위해 산행지를 그 근처로 잡는다. 임도 보고 뽕도 따고.

나는 벌써 내년 봄이 기다려진다. 실치와 밴댕이도 나를 만날 봄을 기다리고 있으려나.

남자의 변신은 여기까지

'여자의 변신은 무죄'라고 했던가. 여자는 화장을 하고 헤어스타일과 옷차림을 바꿔 아주 딴사람으로 피어난다. 때론 정숙하게, 때론 요염하게, 때론 청순하게.

그렇다면 남자의 변신은 어디까지 무죄일까?

제아무리 천하장사라도 장시간 등산하면 피로하기 마련이다. 피로 물질인 젖산이 체내에 쌓여서 그렇다. 그럴 땐 사우나에 가 따끈한 온탕에 몸을 담근다. 금세 근육의 긴장이 풀리고 젖산이 분해되어 몸과 마음이 날아갈 듯 개운해진다. 그 맛에 중독되어 사우나를 취미로 즐기듯 수시로 들락거리고, 등산을 마치면 곧장 사우나로 달려가곤 했다.

그런데 등산 직후 사우나를 하면 무릎 연골이 상한다는 사실을 알게 되었다. 산행하면 운동 열에 의해 연골이 물렁물렁해지는데, 이때 뜨거운 물에 담그면 물렁물렁해진 연골이 흐물흐

물해져 망가진다는 것이다.

이를 알고부터는 산행을 마치면 등산화를 벗고 찬물이 흐르는 계곡에 들어가 잠시 무릎을 담근다. 이렇게 해시 무릎연골을 원래 상태로 안정시켜놓고, 사우나는 다음날 한다. 등산을 즐기는 사람이 무릎이 망가져 공원이나 어슬렁대는, 그런 신세만큼은 면해야 하니까.

사우나에 들어선다. 이발실에서 손님 머리를 자르고 있던 이발사가 나를 보고 고개를 까딱하며 반가움의 눈인사를 건넨다. 이발사는 9년 전 처음 인연을 맺고부터 지금까지 내 머리를 다 듬어준다. 오랜 기간 다듬다 보니 이젠 내가 졸고 있어도 알아서 척척 다듬고 손질해준다.

머리 손질이 끝나면 염색을 하고, 물이 들기를 잠시 기다렸다가, 욕실에 들어가 샤워기를 눌러 물을 틀어놓고 비누 거품을 내며 박박 머리를 감는다. 이발과 염색, 머리 감기와 사우나까지 일사천리로 시원하게 한다. 나는 이게 너무 편하고 좋아다른 이발소는 갈 생각조차 하지 않는다.

이발사와 나는 한 가지 공통점이 있다. 산을 좋아한다는 점이다. 나는 등산을 하지만 그는 약초산행을 한다. 그가 더덕, 잔대, 하수오, 버섯 등 각종 약초와 산삼을 캔 얘기만 해도 끝이 없다. 어느 산에 가서 무슨 약초를 캤다는 자랑을 귀가 따갑게 들어도 재미 있다.

"엊그제는 생전 처음 보는 버섯을 캤어요. 대가 팔뚝만큼 굵고 큰데, 꼭 낙지를 씹어 먹는 거 같아요. 알고 보니, 열대지방에 자생하는 식용버섯이에요."

"아니, 열대지방에 자생하는 버섯이 어떻게 우리나라에 있죠?"

"지구 온난화 현상 때문이 아닐까요?"

그렇다. 우리나라의 기후는 온난화의 영향으로 점점 아열대 기후로 바뀌어 가고 있다. 그에 따라 농작물의 주산지도 점점 북상하고 있다. 제주에서 재배되던 감귤은 전북 김제까지, 경북에서 재배되던 포도와 사과는 강원 영월과 경기 포천까지 재배되고 있다. 봄옷을 꺼내 입자마자 반팔을 입어야 하고, 가을이 왔나 싶으면 패딩을 꺼내 입어야 하는, 봄가을이 짧아지는 기상 현상이 나타나고 있는 것도 온난화 때문이다.

탕에서 뿌연 수증기가 모락모락 피어오른다. 평일 낮이어서인지 사람이 많지 않다. 사람이 많으면 어수선하기만 한데, 딱 좋다. 온탕에 들어가 목까지 물에 담그고 지그시 눈을 감는다. 뜨거운 물이 몸 구석구석을 파고들며 감싸준다. 잠이 소르르 올 것만 같다. 5분쯤 지났을까, 탕 안의 물이 출렁거린다. 감았던 눈을 살며시 떠보니, 50대 후반으로 보이는 사람이 탕으로 들어와 몸을 담근다. 그런데 물조차 끼얹지 않은 걸까, 그의 머리와 어깨에는 물 한 방울 묻어있지 않다. 기분이 찜찜해, 서둘러 탕에서 나온다.

어디선가 박수 소리가 들려온다. 고개를 돌려보니, 건너편

열탕에서 나는 소리이다. 연세 지긋한 어르신이 뜨거운 물에 목까지 담근 채 눈을 감고 손뼉을 치고 있다. 그냥 박수하는 것이 아니라 노래를 부르는지 시조를 읊조리는지, 들릴 듯 말듯 박자에 맞춰 중얼거린다. 그 옆에는 체격 좋은 중년 남성이 허리 아래만 물에 담근 채 앉아있다.

황토 사우나에서 누군가 문을 박차고 나와 샤워기로 뛰어간다. 그의 몸은 땀으로 범벅이 되어있고 벌겋게 익어있다. 발걸음에 맞춰 늘어진 뱃살은 리드미컬하게 출렁인다. 투실투실한 뱃살과 벌겋게 익은 그의 몸은, 얼핏 잘 익은 고구마 같다는 생각이 든다.

나도 고구마가 되어 볼까? 황토 사우나에 들어선다. 뜨거운 열기가 온몸에 확 닿는다. 벽에 걸린 온도계를 힐끔 보니 눈금은 87도를 가리킨다. 모래시계의 모래가 채 반도 내려가지 않았는데, 뜨거운 열기가 코와 입을 통해 들어와 내장까지 익는 듯하다. 버틸 대로 버텨보지만, 더 있다가는 새까맣게 탄 고구마가 될 것만 같다. 모래가 다 떨어지기도 전에 뛰쳐나오고 말았다.

욕실에서 나와 체중계 위에 올라선다. 입욕 전에 비하여 딱 한 근이 줄어들었다. 줄어든 600그램은 자고 일어나면 바로 원상회복되니, 살이 사라졌다고 좋아할 것도 애석하게 여길 것도 없다. 산행으로 쌓인 피로와 스트레스가 말끔히 날아간 듯하다. 나도 모르게 중얼거린다. "어이구, 개운해!"

머리를 깎고 한 달이 지나면 염색물이 빠지기 시작하고 속머리카락이 하얗게 나와 영 보기가 싫어진다. 한 달에 한 번 이발과 염색을 하는데, 입욕료 포함 28,000원이 들어간다. 이 돈만큼은 아낌없이 투자한다. 남자가 이 적은 돈으로 어디서 때 빼고 광 내고, 5년이나 젊어질 수 있단 말인가.

　거울 속 5년은 젊어진 내 모습에, 나는 새삼 행복한 기분이 밀려든다.

　남자의 변신은 여기까지!

나잇값을 해야 할 터인데

세수하고 거울 앞에 섰다. 거울 속 어느 늙은 사내가 나를 빤히 바라본다. 깜짝 놀라 나도 천천히 그를 바라봤다. 머리가 벗겨지고 얼굴에 주름이 잡혔으며 수염까지 허옇게 센 모습이다. 대체 이게 누구야?

망일지맥 종주산행에 나섰다. 산의 높이라야 고작 이삼백 미터에 불과하지만, 금북정맥에서 분기한 어엿한 지맥 산줄기이다.

지맥 분기점에서 연화산과 허봉산을 지나 한동안 나아가 무명봉에 올라섰다. 봉우리 자그마한 공터에는 누군가 쌓아 올린 근사한 돌탑이 있고, 그 옆에 몇 개의 운동기구가 설치되어 있다. 그런데 기구들이 흙이 묻어있고 주변에 잡초가 무성한 걸 보면 이용하는 사람이 없는 건 아닌지 모르겠다.

'인생칠십고래희(人生七十古來稀)'라고 했던가? 두보(杜甫)의 시「곡강(曲江)」에 나오는 말이다. 일흔 살까지 사는 사람은 예로부터 드물다는 뜻이다. 그때는 그랬다. 두보가 이 시를 지은 때는 그의 나이 47세 때, 서기 758년이다. 그로부터 세월은 흐르고 또 흘렀다. 이제 사람의 수명은 점점 늘어 백세시대가 열렸다. 의학적으로도 인간은 120세까지 살 수 있다고 한다. 천재지변이 닥치지 않는 한 건강관리만 잘하면 누구나 장수할 수 있는 시대가 된 것이다.

백세시대를 맞아 정부와 지자체에서는 곳곳에 운동기구를 설치해놓았다. 운동기구라고 해봐야 요즘 젊은이는 거들떠보지도 않는, 주로 노인이 이용하는 간단한 기구들이다. 이런 운동기구는 산은 물론 공원이나 마을회관, 하천 변 등 자투리땅만 있으면 어김없이 들어서 있다. 백세시대에 걸맞게 노인들의 건강을 위하여 설치했을 터, 효자가 따로 없다.

불과 몇 십 년 전만 해도 환갑만 살아도 큰 경사로 여겨 잔치를 벌이고, 뒷방노인네가 되어 뒷짐 지고 어슬렁거리며 지냈다. 요즘에는 환갑이나 칠순 때 잔치하는 사람도 없고 경로당에 가는 사람도 없다. 경로당보다는 산이나 공원을 찾아 운동기구를 붙들고 '으쌰~으쌰'한다. 일흔 살을 넘어서까지 나이는 숫자에 불과하다는 것을 증명이라도 하듯 노익장을 과시하며 활기차게 살아가는 사람이 적지 않다. 그렇다면 나도 운동기구를 찾아 '으쌰~으쌰'나 해야겠다. 하지만 얼마나 건강하게 사느냐보다 더 중요한 건 어떻게 사느냐가 아닐까?

산행을 마치고 돌아오는 길에 아산 온천장에 갔다. 매표소

앞에 이르러 만 원권 한 장을 꺼내주며 "얼마입니까?" 물었다. 매표원은 신분증을 보자고 하지도 않고 나를 쓱 훑어보더니 말없이 4천5백 원을 거슬러주었다. 어리둥절하여 요금표를 보니 성인 7천 원, 경로 5천5백 원이다. 기분이 묘했다. 남들 보기에는 늙어 보이고, 늙은이처럼 행동하기에 노인 대접을 해주는 것일 터인데, 나는 아직도 나 자신이 늙었다는 사실이 낯설게 느껴진다.

호칭도 그렇다. 한때는 '아버님' 소리를 들어 '내가 벌써 이렇게 나이를 먹었나.' 싶어 당황스럽더니, 이제는 어디가나 '어르신' 또는 '할아버지' 소리를 들어도 예사로 여기고 만다. 나만큼은 노인이 되지 않고 마냥 젊음을 유지할 수 있을 줄 알았다. 내가 문을 열어주지 않으면 나이가 나를 찾아들 수 없는 것처럼, 나이 먹는 것도 모른 채 그저 바쁘게만 살아왔다. 그렇게 멀리만 보이던 노년이 이제 나의 벗이 되어 버린 것이다. 새로운 벗의 등장과 함께, 젊음은 나에게서 떠나버린 것을 실감하지 않을 수 없었다.

장수 시대에 들어섰다는 것은 분명 축복이다. 축복은 축복인데, 문제는 어떻게 나이를 먹느냐는 것이다. 우리 주변에는 나이는 어리지만 생각이 깊은 사람들이 있다. 그런가 하면 나이만 먹었지, 나잇값도 못 하는, 나이를 내세워 눈살을 찌푸리게 하는 노인들이 부지기수다.

공공장소에서 요란하게 벨 소리가 울리고, 버젓이 목청 높여

통화를 하는 사람은 대개 노인이다. 전철이나 버스에 타면 젊은 사람 앞에 떡 버티고 서서 자리를 양보할 것을 은연중 요구하는 노인들 때문에 내가 다 민망해지곤 한다. 술에 취해 해롱대질 않나. 얌체 같이 새치기하지 않나. 그런가 하면 아이들도 신호등을 지키며 고사리 같은 손을 들고 건너는 횡단보도를 무단 횡단하질 않나. 그런 막무가내 행동들은 나이가 특권이라 생각하는 뻔뻔함에서 나오는 게 아닐까 싶다. 나는 나이를 먹었으니 내 맘대로 해도 된다는 특권의식. 어린 너희가 무얼 알겠느냐는 아집 말이다.

그래서 그런지 요즘 젊은이들 사이에 유행하는 말이 있다. 바로 "라떼는 말이야."라는 말이다. 라떼(latte)는 곧 말(馬)이라는 뜻이 아니라, "나 때는 말이야"라는 뻔한 레퍼토리로 요즘 젊은이들을 얕잡아보고 가르치려 드는 꼰대를 비꼬는 말이다. 오죽하면 이런 말이 유행할까? 세월로부터 도망치기는 참 어렵지만, 그 세월을 잘 보내기는 더 어려운 것 같다.

나이에 걸맞은 사고와 언행을 하는 것, 그게 나잇값을 하는 것이 아닐까. 공자께서는 나이 칠십이 되니 마음 내키는 대로 해도 법도를 넘지 않았다고 말씀하셨다. 왈, 칠십이종심소욕불유구(七十而從心所慾不踰矩).

이제 내가 그 나이가 되었다. 인생 칠십에 이른 나의 모습은 어떠할까?

나잇값을 해야 할 터인데….